www.tredition.de

AF197793

Sven Majunke

Die Herrscher von Eden

Abstieg der Engel - Akt 1

www.tredition.de

© 2017 Sven Majunke

(www.die-herrscher-von-eden.de)

Umschlag, Illustration: Corina Witte-Pflanz (www.ooografik.de)
Lektorat, Korrektorat: Petra Jecker (www.online-korrektorat.de)

Bilder/Illustrationen: www.fotolia.com
Fotolia 122496094, Fotolia 127035828

Fotografie: Christina Rutishauser (www.lebensartdesign.ch)

Verlag: tredition GmbH, Hamburg

ISBN
Paperback: 978-3-7345-9573-8
Hardcover: 978-3-7345-9574-5
e-Book: 978-3-7345-9575-2

Printed in Germany

Vorwort

Liebe Leserinnen und Leser,

vielen Dank, dass Sie „Die Herrscher von Eden" lesen möchten.

Wenn man sich die heutige Welt mit all ihren verschiedenen Religionen anschaut, dann fragt man sich doch: Wie passt das zusammen?

Ein Gott, der alle Menschen liebt – und doch so viel Gewalt!

So viele friedliebende Religionen, die sich trotzdem seit Jahrhunderten im Krieg befinden!

So unterschiedlich die einzelnen Religionen auch sein mögen, so gibt es in ihren Grundzügen doch sehr viele Parallelen.

In diesem Buch habe ich meiner Fantasie freien Lauf gelassen und erzähle eine Geschichte über Gott und die Menschen, über Engel und den Beginn der Religionen.

Die Handlungen beruhen auf einzelnen Elementen der Heiligen Schrift, sind aber ansonsten rein fiktiv. Sie finden sich so, wie hier dargestellt, in keiner heiligen Schrift wieder!

Es sollen auch keine Überzeugungen, Meinungen oder Wertungen vermittelt werden. Das Werk wurde zur reinen Unterhaltung geschrieben.

Ich möchte mich an dieser Stelle noch recht herzlich bei allen Probelesern bedanken, die mich mit Lob und Kritik dazu bewegten immer weiter zu schreiben.

Mein besonderer Dank gilt auch Kathleen Lohde und Tilman Fuchs, die mir immer wieder geholfen haben schwierige Entscheidungen zu treffen!

Ohne eure Unterstützung wäre dieses Projekt nie so weit fortgeschritten. Vielen lieben Dank dafür!

Und nun wünsche ich Ihnen viel Spaß beim Lesen!

Sven Majunke

„Ein Kind tut
nicht immer
was
der Vater sagt.
–
Es tut, was es
den Vater
tun sieht!“

Jesus von Nazareth

Prolog

Der Gefallene

Irgendwo an einem dunklen Ort, tief unter der Erde sitzt eine vom Kampf zerschmetterte Kreatur am Ufer des Sees aus Feuer. An ihrem Rücken ist der Ansatz von zwei Flügelpaaren zu erkennen, deren Federn von Ruß geschwärzt sind. Die Spitzen glimmen noch. Der Blick der Kreatur ist nach unten auf ein geschlossenes Buch gerichtet. Nicht einmal einen Meter entfernt brodelt und zischt ein gewaltiger Ozean aus glühender Lava. Spitze Felsen hängen von der Decke.

Die Kreatur schlägt die erste Seite des Buches auf. Sie ist leer. Es ist eine Art Tagebuch. Sie bricht ihr Schweigen:

„Ihr fragt euch, wer wir sind? Im Laufe der Zeit gab man uns viele Namen: Engel, Dämonen, Söhne Gottes ... Manche von uns wurden sogar als Götter verehrt."

Eine Fontäne aus Feuer unterbricht den Engel. Der Boden bebt. Einer der Felsen fällt von der Decke herab, hinein in die glühende Lava.

„Dabei sind wir doch in Wirklichkeit nur eines: Diener!"

Der Engel richtet den Blick prüfend nach oben und holt aus seiner rechten Tasche ein rot glühendes Stück Metall heraus.

Mit diesem beginnt er in sein Tagebuch zu schreiben. Seine Finger zittern vor Schmerzen – oder vor Angst?

„Dies wird meine letzte Tat sein! Ich werde euch erzählen, was wirklich passiert ist. Wie alles begann …"

Eden

Alles begann in Eden zur Zeit der dritten Sonnenwende, nach dem Ende des großen Engelsaufstandes unter der Führung des Satans.

Es war noch dunkel, doch die ersten tiefroten Sonnenstrahlen lugten schon zwischen den gewaltigen Felsen des Gebirges von Buron Gor hervor. Die Sommertage hier im Herzen von Eden waren lang und warm. Im Gegensatz zum Rest der Welt dauerte es hier nur wenige Minuten, bis die Sonne das Gebirge überwand und den Schatten der Nacht verdrängte. Ebenso schnell verabschiedete sie sich am Ende eines Tages hinter der Ebene von Igri – einer Ebene, die sich über den Horizont hinaus erstreckte, bis in den Westen des Landes. Zwischen Ebene und Gebirge lag ein riesiger Palast, der Herrschaftssitz Gottes.

Am Fuße der Sonnenterrasse des Palastes, der auch Glaspalast genannt wurde, sammelten sich Heerscharen von Engeln. Eine seltsame Spannung lag in der Luft, denn obwohl dies ein Tag wie jeder andere zu sein schien, hatte Gott nach all seinen Dienern schicken lassen, um eine ganz besondere Ankündigung zu machen.

Niemand wusste, worum es ging, doch musste es sich um etwas Gewaltiges handeln, da es eine solche Versammlung in der Geschichte von Eden noch nie gegeben hatte.

Die Sonnenstrahlen hatten den schwarz-weiß karierten Marmorboden des Thronsaales noch nicht berührt. Das einzige wenige Licht ging von den Engeln aus, die zwischen den goldenen, mit Türkis verzierten Säulen standen. Die Decke bestand über die komplette Breite und zwei Drittel seiner Länge ganz aus Glas. In weniger als einer Minute würde dieser Raum bis etwa zwei Meter vor dem Thron mit Licht durchflutet werden.

Die Doppeltür zum Thronsaal wurde von zwei Engeln geöffnet und drei Engel betraten den Raum.

Lucifer, Erzengel und Hüter von Recht und Wahrheit, ging voran. Er hatte den Kopf eines Stieres, mit zwei nach vorne gebogenen Hörnern. Sein Umhang aus Seide war voll von Diamanten, Rubinen, Smaragden und Saphiren und vielen anderen der kostbarsten Edelsteine in verschiedenen Farben. Seine Brust war muskulös, matt und grau. Der restliche Körper war mit einem dunklen, schwarzen Fell überzogen, das silbern glänzte, wenn Licht es traf. An seinem Rücken befanden sich zwei gewaltige Flügelpaare, die aber im Moment wie Federfächer zusammengefaltet unter seinem Umhang verborgen waren. Sein Aussehen unterschied sich sehr von dem der anderen beiden Engel.

Direkt hinter ihm, zu seiner Rechten, folgte Erzengel Michael, Lucifers Bruder und ebenfalls Hüter von Recht und Wahrheit. Beide waren im See des Feuers geschaffen worden und obwohl sie so unterschiedlich aussahen, ging ein schwaches, dunkelrotes, feuriges Licht von ihnen aus.

Links hinter Lucifer lief Erzengel Gabriel, Bote und Verkünder des Wortes Gottes.

Während Lucifer hocherhobenen Hauptes an den Engeln zwischen den Säulen vorbeischritt, grüßten diese ihn: „Morgenstern!"

Danach nahmen sie eine demütige Haltung ein – auf dem rechten Bein kniend, das linke gebeugt, die Hände daraufgelegt, den Blick auf den Boden gerichtet.

Der Morgenstern aber würdigte sie keines Blickes.

Mit ernstem Gesicht, die Augen fest auf den Thron gerichtet, lief er in gleichmäßigem Tempo den ersten Strahlen der aufgehenden Sonne voraus. Das Einzige, was man hören konnte, war der Klang seiner Hufe auf dem Marmorboden.

Vor dem Thron angekommen, zog Lucifer ein prächtiges Schwert aus der Scheide, die an seinem mit Gold verzierten Gürtel befestigt war. Er stellte es vor sich auf den Boden und nahm nun ebenfalls eine demütige Haltung ein – beide Hände den Knauf fest umschließend, die Stirn leicht darauf gestützt, ein Bein kniend das andere gebeugt.

„Vater. Wie kann ich euch dienen?", fragte er, die Augen nach unten gerichtet.

Gott erhob sich von seinem Thron und ging ein paar Schritte auf ihn zu. In seinen verschränkten Armen trug er etwas, das in ein Leinentuch gewickelt war.

„Lucifer. Steh auf und komm. Ich möchte dir etwas zeigen", sagte er.

Sie gingen gemeinsam ein paar Schritte bis zu der Tür, die zur Sonnenterrasse hinausführte. Dort, vor der Tür, stand ein kleiner Tisch aus Glas, auf dem er das Bündel niederlegte.

„Siehe! Meine neueste Kreation. Ich habe sie selbst aus Lehm geformt und Igri hat ihm heute Nacht das Leben eingehaucht!"

Lucifer schob mit einem Finger das Leinen ein Stück beiseite, um zu sehen, was sich darunter befand. Es war ein kleines Baby, der erste Mensch.

„Ich nenne ihn Adam", fuhr der Herr fort, doch Lucifer stand unbeweglich da. Er wusste nicht, was er sagen sollte. Es fiel ihm schwer, seine Enttäuschung zu verbergen. Still dachte er bei sich:

Wegen so etwas hast du alle Engel zu so früher Stunde antreten lassen? Da hast du doch schon weitaus prächtigere Wesen erschaffen.

„Wirklich sehr gut gemacht, Vater!" sagte er, doch in seiner Stimme lag keine Begeisterung.

Mit dem Zeigefinger schob er das Tuch weiter bis zum Bauchnabel hinab. Wie bei einer Katze fuhr aus seinem Finger eine messerscharfe Kralle heraus. Er setzte zum Schwung an. Doch der Vater packte seinen Arm. „Nicht!"

Die Kralle verschwand wieder. Überrascht wandte Lucifer sich dem Herrn zu. „Aber alle Geschöpfe tragen das Zeichen des Dieners!"

„Dieses hier nicht! Dieser ist nach meinem Ebenbild geschaffen worden. Wir sind gleich darin, selber Entscheidungen zu treffen und …"

Doch die erklärenden Worte des Herrn stießen auf taube Ohren. Lucifer konnte die Worte zwar hören, aber er verstand keines davon – als wären sie in einer anderen Sprache gesprochen.

„Warum?", unterbrach er den Herrn plötzlich. In seiner Stimme war eine Spur von Zorn zu hören. Einer der Engel an den Säulen wagte es, von seiner demütigen Haltung abzuweichen. Er hob den Blick und sah Michael, der noch immer mit der Sonne im Rücken am Fuße des Throns stand, mit schockierter Miene an. Dieser spürte den Blick, schüttelte den Kopf und gab dem Engel mit der Hand ein Zeichen, die Demutshaltung korrekt einzunehmen. Der Engel gehorchte.

Lucifer hatte von all dem nichts mitbekommen. Der Vater nahm das Kind wieder in seinen Arm und öffnete die Tür zur Sonnenterrasse.

Von Lucifer, Michael und Gabriel gefolgt trat er hinaus.

„Ich habe so viel erschaffen und doch habe ich immer das Gefühl, dass noch etwas fehlt. Und wenn ich von einem mehr als genug habe, dann sind es Diener."

Während er diese Worte sprach, wickelte er das Baby aus und hielt es mit ausgestreckten Armen nach oben, über den Rand der Terrasse hinweg, sodass alle Engel, die sich unten versammelt hatten, es sehen konnten. Es waren wirklich Millionen von ihnen, vom Fuße des Palastes, so weit das Auge reichte, über die Ebenen von Igri und darüber hinaus. Alle klatschten und jubelten. Sie verbeugten und streckten sich nacheinander, als hätten sie es eingeübt. Von oben sah es aus wie gewaltige Wogen von Wellen, die aus der Ferne gegen die Mauern des Palastes brandeten.

Auch Gabriel und Michael klatschten. Nur Lucifer stand fassungslos da!

Akt 1: Adam und Eva

Igri

„Ich möchte, dass du Adam den Garten zeigst. Er hat lange genug nur das Innere des Palastes gesehen."

„Wie ihr wünscht, Herr", antwortete Igri dem Herrn. Er erhob sich und schritt langsam aus dem Thronsaal hinaus, wo Adam schon voller Vorfreude auf ihn wartete. Er war in den letzten 5 Jahren zu einem kleinen Jungen herangewachsen, doch hatte er das Tageslicht noch nie auf seiner Haut spüren können. Die Tage verbrachte er lachend und mit Engeln spielend auf seinem Zimmer im Palast. Am liebsten aber stand er am Fenster, schaute hinaus und fantasierte von Abenteuern, die da draußen auf ihn warteten. Sobald er das Sprechen gelernt hatte, lag er seinem Vater Tag für Tag bettelnd in den Ohren. Heute war sein Tag, der Tag, an dem sein großes Abenteuer in der Welt beginnen sollte.

„Komm!", lächelte Igri und reichte dem Jungen die rechte Hand. In seiner linken hielt er einen elfenbeinfarbenen Gehstock, der wie der Knochen eines gewaltigen Tieres aussah.

Igri war einer der ältesten Diener Gottes. Er glich einem alten Mann von 80 Jahren. Sein Körper war leicht gebeugt, sodass er sich auf den Gehstock stützen musste, um nicht zu fallen.

Seine Toga aus Samt war so weiß wie die Blüten eines Kirschbaumes. Das Gesicht, das durch hohes Alter von Falten und Narben gezeichnet war, wurde von schulterlangem, weißem Haar und einem langen Vollbart, der ihm bis zur Brust hinunter reichte, etwas verdeckt. Auffällig waren seine dunkelbraunen Augen, denn sie hatten immer noch einen besonderen Glanz und strahlten Wärme und Vertrauen aus.

Adam ergriff Igris Hand und zog wie ein Hund an der Leine, während er im schnellen Gehschritt vorauseilte. Bisher war er noch nie richtig herumgerannt. Im Palast hatte ihn noch nichts dazu motivieren können.

Als die beiden endlich nach draußen gelangten, ließ der Junge die Hand des alten Mannes los.

„Oooaaahh!" rief er erstaunt, als er sich umsah, um den riesigen Palast zu bestaunen. Die Wände reflektierten das Sonnenlicht, sodass Adam blinzelte.

„Sieh nicht direkt ins Licht!", rief Igri ihm zu. „Deine Augen müssen sich erst an die neuen Farben gewöhnen."

Der Junge lief zu ihm zurück und fragte: „Bist du auch ein Mensch?"

„Nein. Ich bin nur ein bescheidener Diener."

„Bist du ein Engel? Wo sind deine Flügel?"

Der alte Mann beugte sich zu ihm herab und hinter seinem Bart war ein leichtes Lächeln zu erkennen.

„Nicht nur die Engel dienen dem Herrn. Alles, was du hier siehst, ob mit oder ohne Flügel – die Berge, die Bäume, der Wind – alles erfüllt irgendeine Aufgabe!"

„Was ist deine Aufgabe?"

„Einst habe ich einen Großteil der Schöpfung mitgestaltet. Der Herr kam zu mir, erklärte mir seine Ideen und ich malte den ersten Entwurf. Wenn es ihm gefiel, durfte ich es mit den Farben des Lebens zeichnen und ihm den Lebenshauch geben."

Adam verstand nicht einmal die Hälfte. Dennoch wurde er nicht müde immer weiter zu fragen. Währenddessen verließen sie den Pfad der Ebene und gingen nordwärts in einen Wald von Fichten hinein. Hier war es dunkler und die Sonne brannte nicht mehr so auf der Haut. Doch einzelne Sonnenstrahlen schienen zwischen den Bäumen hindurch. Es war wunderschön.

Plötzlich blieb Adam stehen. Für einen kurzen Moment wirkte er etwas nachdenklich.

„Was ist meine Aufgabe?", wollte er wissen und sah den alten Mann voller Erwartung an.

Dieser blieb stehen, wandte sich Adam zu, doch ihm fehlten für einen kurzen Augenblick die Worte, waren doch Adams Möglichkeiten nahezu unerschöpflich!

„Möchtest du denn eine Aufgabe?"

Adam nickte.

„Nun, du kannst mir helfen, die Tiere füttern. Komm! Es ist nicht mehr weit", lächelte er und streckte dem Jungen wieder die Hand entgegen.

Sie gingen noch ein gutes Stückchen tiefer in den Wald hinein, bis sie zu einem gläsernen Gebäude kamen, das an den Hängen des östlichen Gebirges erbaut worden war. Der Boden bestand aus hellem Holz, das dem Raum trotz des Lichtmangels eine gewisse Wärme verlieh.

Auf dem Boden standen viele schmale, weiße, sehr fein verzierte Sockel. Auf diesen befanden sich Glasvitrinen mit schlafenden Babytieren. Die Vitrinen standen so dicht nebeneinander, dass sich nur schmale Gänge zwischen ihnen befanden, durch die immer nur einer hindurchgehen konnte – ein Irrgarten aus Glas!

An den Wänden des Raumes stützten weiße, mit Gold verzierte Säulen die Decke. Zwischen diesen Säulen standen jeweils ein bis zwei Engel mit Tierkörpern, die dem Raum mit einem schwachen Engelsschein noch zusätzlich etwas Licht spendeten.

Adam war sprachlos. Mit großer Verwunderung lief er durch die Gänge zwischen den Vitrinen und schaute sich die Tiere an.

„Komm zu mir! Hier bei mir ist das Futter."

Igri winkte Adam heran und deutete auf eine kleine Box mit erbsengroßen Körnern zu seinen Füßen, die nahe am Eingang stand.

„Eine Handvoll Körner für je ein Gefäß. Und nicht rennen, der Boden ist glatter als der in deinem Zimmer."

Adam nahm eine Handvoll Körner und tat, wie ihm gesagt. Fünfmal lief er zwischen der Futterbox und den Vitrinen hin und her. Beim sechsten Mal nahm er die Futterbox hoch, um sie mit zu den Vitrinen zu nehmen. Sie war schwer. Er blies die Backen dick auf und verzog sein Gesicht vor Anstrengung. Igri und die Engel fingen an zu lachen und zu klatschen. Adam schaute etwas unsicher und erschrocken in die Runde. Doch gleich darauf strahlte sein verdutztes Gesicht wieder vor Freude.

Die Tierbabys wurden durch das Lachen und Klatschen aufgeweckt und so war der ganze Raum auf einmal erfüllt von Tierlauten.

Adam stellte die Kiste wieder ab und ging zu ihnen hin. Ganz besonders gefiel ihm ein kleines schwarzes Kätzchen. Es schmiegte seinen Kopf zärtlich in seine Hand und begann ruhig zu schnurren.

„Darf ich es rausnehmen?"

Igri holte das kleine Kätzchen aus der Vitrine und legte es in Adams Arme.

„Pass auf, dass sie nicht in den Wald läuft. Sie findet sonst nicht mehr zurück!"

Adam kraulte das Kätzchen am Nacken, während es seinen Handrücken ableckte. Es gab noch viele andere Tiere, doch für Adam war die Fütterung beendet.

„Ich nenne sie Sola", strahlte er.

Igri band ein kleines Stück Holz aus dem Wald an eine Schnur und reichte sie ihm.

„Hier hast du ein Spielzeug für deine neue Freundin."

Adam nahm das Holzstück und sah zu, wie Sola nach der Schnur schnappte. Schon kurz darauf sah man ihn zum ersten Mal lachend umherrennen – immer um die Vitrinen herum. Das Kätzchen immer der Schnur hinterher jagend.

„Renn nicht so schnell, bitte! Der Boden ist glatt!"

Doch Adam ignorierte die Warnungen komplett. Es machte ihm einfach viel zu viel Spaß zuzusehen, wie das Kätzchen in die Kurven rutschte. Und auch seine Kurven wurden immer gewagter.

Da passierte es: Adam rutschte in einer scharfen Rechtskurve aus, verlor den Halt und versuchte sich an einem sehr schmalen Sockel, auf dem eine große Vitrine mit Insekten stand, festzuhalten. Dieser kippte um und die Vitrine zerbrach auf dem harten Holzboden.

Käfer, Gewürm und Spinnen krabbelten inmitten der Scherben umher, zwischen denen Adam saß und weinte. Er war unverletzt, doch er hatte einen riesigen Schreck bekommen. Und damit war er nicht der Einzige. Alle Tiere brüllten, schrien und fauchten in ihren Vitrinen vor Panik.

„Bist du verletzt? Geht es dir gut?" Igri hastete zu ihm. Adam nickte und sah ihn mit seinen rotverweinten Augen an.

„Wir müssen es dem Vater sagen!"

„Nein. Komm, hilf mir, die Tiere wieder einzusammeln. Da hinten ist noch ein leeres Gefäß. Ganz ruhig. Es ist nichts passiert. Ich kümmere mich später um die Glasscherben", beruhigte der Alte ihn und wischte mit einem kleinen Tuch die Tränen von Adams Augen. Sie sammelten die Insekten, die über den Boden krochen, mit den Fingern ein und setzten sie in die leere Vitrine auf der anderen Seite des Raumes. Anschließend kehrten sie still zum Palast zurück.

Michael

„Wir müssen es ihm jetzt sagen", drängte Lucifer den Vater, während die beiden ein paar Schritte auf der Sonnenterrasse gingen. Michael lief schweigend hinter ihnen her. Die Sonne stand bereits am Zenit. Es war sehr heiß. Nachdenklich richtete der Vater seinen Blick nach Norden, auf die Wälder.

„Er ist zu jung für solche Dinge. Gib ihm noch Zeit, bis sein Stand sicher ist und seine Arme mit Kraft erfüllt!"

„Vater, mit jedem Tag, an dem wir die Wahrheit aufschieben, vermehren wir das Leid – sollte er je dahinter kommen!"

„Woher willst du das wissen?", warf Michael ein. Lucifer blieb stehen und warf einen abfälligen Blick auf seinen Bruder.

Michael war ein Engel, so wie man ihn sich vorstellt: muskulös und von unglaublicher Schönheit. Zwei schneeweiße Flügelpaare prangten an seinem Rücken. Er trug eine prachtvolle Rüstung aus gefaltetem Silber, mit goldenen Runen verziert. Rechts an seinem Gürtel steckte ein elegantes Kurzschwert in der Scheide, links an seinem Gürtel eine Doppelaxt. Seine Augen waren rot wie die seines Bruders, die Haare blond mit feinen Löckchen und einem goldenen Heiligenschein.

An die abfälligen Blicke seines Bruders hatte er sich gewöhnt. Doch das war nicht immer so gewesen.

Vor der Engelsrebellion war es unmöglich gewesen, die beiden vom Aussehen her zu unterscheiden. Jedoch hatte Lucifer seine Herrlichkeit als Erzengel zu sehr genossen. Er war in eine Art Rausch gefallen, als sich die Engel betend vor ihm niederwarfen, während Michael sich ebenfalls niedergekniet hatte, um zu bezeugen, dass auch er nur ein Diener war. Lucifer – das Monster, das sich selbst für einen Gott hielt – wurde von den gottestreuen Engeln bald „Satan" genannt, was sinngemäß *Feind Gottes* bedeutet. Seine Anhänger sprachen ihm ein besseres Urteilsvermögen als Gott zu und so kam es schließlich zu einem Aufstand unter den Engeln, der auf beiden Seiten zu schweren Verlusten führte.

Seit dem Ende der Rebellion stand Michael der rechtmäßige Platz zur Rechten des Vaters zu, doch lief er immer noch hinter Lucifer her. Lucifers Schönheit und Pracht waren zur Strafe in eine Stiergestalt verwandelt worden – und doch grüßten ihn alle Engel als „Morgenstern".

Michael hatte weder seine Herrlichkeit verloren, keinen Teil davon, noch hatte er etwas Unrechtes getan. Dennoch wurde er von seinem Bruder angeschaut, als hätte er damals die Rebellion begonnen und sich dadurch in etwas Abscheuliches verwandelt. Es störte ihn nicht. Die Pflichterfüllung und die Suche nach der Wahrheit in der Vergangenheit waren die Erfüllung seiner Existenz.

Aus der Ferne sahen sie Adam und Igri aus den Wäldern kommen. Der Vater wandte sich zu Lucifer um.

„Wenn ihr ihm wirklich helfen wollt die Wahrheit zu finden, dann trainiert ihn. Helft ihm kräftiger zu werden und verkürzt die Tage. Ich entscheide morgen, wer von euch beiden die Ehre haben wird, ihn die Wahrheit zu lehren."

Beide schlugen sich mit geballter Faust auf die Brust, als Zeichen demütiger Zustimmung. Michael nahm den direkten Weg und flog direkt von der Sonnenterrasse aus hinüber vor die Palastmauern. Lucifer und der Vater gingen durch den Palast nach draußen.

Adam lernte unterdessen ein weiteres Geschöpf Gottes kennen. Ein Turonakko hatte im Schatten eines großen Felsens am Waldrand einen Platz zum Meditieren gefunden. Die Turonakki waren ein Eingeborenenstamm und dem Menschen im Körperbau sehr ähnlich.

Adam trat langsam heran und betrachtete ihn. Die Haut war grau, vereinzelt mit feinen weißen Haaren und sehr vielen Narben überzogen. Die grünen Augen schienen einfach durch ihn hindurch zu schauen. Das Gesicht war voller tiefer Falten, die quer von der rechten zur linken Wange und darüber hinaus gezeichnet waren. So saß er im Schneidersitz regungslos im Schatten des großen Felsens. Adam lief ein Schauer über den Rücken. Irgendwie hatte diese Gestalt etwas Beängstigendes. Vorsichtig berührte Adam den Arm und glitt mit den Fingern an einer langen Narbe entlang.

„Ein Turonakko!" Michael trat von hinten heran. Adam erschrak.

„Michael! Musst du dich immer so von hinten heranpirschen?! Ich hätte euch Engel mit Glocken um den Hals erschaffen sollen!", sagte Igri.

„Verzeiht mir, bitte!"

Adam fuhr mit seinen Fingern weiter den Arm des Turonakkos entlang und blickte ihm direkt in seine giftgrünen Augen. Doch diese zeigten keinerlei Reaktion auf die Berührungen und sahen einfach durch Adam hindurch ins Nichts. Beim Oberarm angekommen, hielten seine Finger an einer frisch, wie ein Biss aussehenden Narbe inne. Mit dem Fingernagel pulte er an der rauen Haut, bis rotes Blut heraustrat. Da griff die Kreatur ganz sanft nach Adams Hand und entfernte sie von seinem Arm. Die Augen blickten immer noch ins Nichts.

Lucifer trat heran. „Er ruht. Sammelt seine Kräfte für die Nacht. Diese Wesen sind nachtaktiv! Es gibt keine besseren ..."

„Lucifer!", unterbrach ihn Michael. „Denk an die Worte des Vaters. Er ist doch noch ein Kind!"

Adam beobachtete fasziniert, wie die Kreatur mit den Fingern die Wunde fest abdrückte, bis die Blutung aufhörte.

„Keine besseren was?", fragte er.

„Beschützer!", antwortete Michael schnell, bevor Lucifer etwas sagen konnte.

„Die Nacht bringt nichts, was dir Angst machen muss.

Die Turonakki sehen abscheulich aus, dienen aber dem Vater, so wie wir alle!", beruhigte Michael ihn.

„Das ‚Fest des Mondes' nennen wir es …", fuhr Lucifer fort.

„Lucifer! Schweig jetzt", fuhr Michael ihn an.

Doch Lucifer lachte gehässig. „Erhebst du dich jetzt zu einem Gott? Du befehligst mich nicht, Bruder!" Seine Stimme hatte einen drohenden Unterton.

Michael runzelte die Stirn. Er wusste nicht recht, wie er darauf reagieren sollte. Am liebsten hätte er Lucifer mit Gewalt am Sprechen gehindert. Doch da stand der kleine Junge. Und der Vater hatte befohlen, dass keine Gewalt in Gegenwart Adams angewandt werden durfte. Also lief er ratlos und aufgebracht auf und ab.

„Ich weiß von dem Fest des Mondes!", rief Adam aufgeregt und sah, wie ihn plötzlich alle mit Spannung ansahen. Selbst Igri hatte sein freundliches Lächeln abgelegt und es lag ein Ausdruck von Sorge in seinen Augen – ein Ausdruck, den Adam bis jetzt nicht gekannt hatte.

„Ich konnte einmal nachts nicht schlafen. Da hab ich aus dem Fenster gesehen", erzählte Adam. „Da waren Trommeln … lauter Jubel und ein Grollen wie Donner … Auf den Bergen und in den Wäldern habe ich Feuer gesehen … es bewegte sich. Und dann waren da noch so komische Schreie, wie ich sie noch nie gehört habe …"

Er wandte sich zu Lucifer. „Morgenstern, was ist das Fest des Mondes?", fragte er und seine Augen waren groß und voller Erwartung, als bekäme er gleich eine spannende Geschichte zu hören.

Doch da stand auf einmal der Vater hinter ihnen und alle merkten es sofort. Michael war sichtlich erleichtert über seine Anwesenheit. Nur Igri konnte seine Sorge nicht verbergen und dem Vater war dieser Ausdruck in seinem Gesicht durchaus bekannt.

Lucifer beugte sich tief zu Adam herunter und sah ihn mit seinen feurigen roten Augen an. „Leider ist es mir nicht erlaubt, dir mehr davon zu erzählen. Aber ich schwöre dir bei Gott dem Allmächtigen, wenn dein Stand sicher ist und deine Arme stark genug sind, werde ich auf dem Fest dein persönlicher Wächter sein!"

„Wirklich? Der große Morgenstern – mein persönlicher Wächter?", fragte Adam aufgeregt und seine Augen strahlten vor Freude. Er konnte es kaum glauben.

Lucifer reichte ihm zwei Finger seiner Hand. „Du hast mein Wort!"

Der Junge ergriff die Finger, schüttelte sie und lief jubelnd und voller Freude mit Igri in Richtung Palast.

Der Vater, Lucifer und Michael sahen ihnen nach.

„Weißt du, was du eben getan hast?", fragte der Vater und wandte sich zu Lucifer um.

„Ich habe den Jungen zum Training motiviert! Ich werde mich ab morgen persönlich darum kümmern, Herr!"

„Nein! Deine Aufgabe heute war, den Jungen zu schützen! Doch stattdessen hast du Angst und Misstrauen gesät!"

Lucifer zeigte mit den Fingern auf den immer noch vor Freude hüpfenden und jubelnden Adam in der Ferne.

„Sieht der Junge etwa ängstlich aus, Herr?!"

„Ich habe nicht von dem Jungen gesprochen! Wir waren an diesem Punkt schon einmal. Hast du die Konsequenzen deines Handelns schon vergessen?"

Lucifer wandte sich zu Michael um und betrachtete ihn erneut mit abwertendem Blick.

„Wie könnte ich das je vergessen!", schnaubte er.

„Dein Schwur lässt mir keine Wahl. Ich erlaube dir, Adams Wächter zu sein. Doch was das Training angeht, hast du heute bewiesen, dass dir eine wichtige Eigenschaft fehlt, die Voraussetzung für einen guten Lehrer ist."

Lucifer runzelte die Stirn und schnaubte vor sich hin.

„Geduld, meine ich", fuhr der Vater fort. „Du hast heute für mich entschieden, was ich morgen entscheiden wollte. Michael wird ab morgen das Training übernehmen. Das ist mein letztes Wort!"

Nachdem der Vater das ausgesprochen hatte, ging er Igri und Adam hinterher und ließ die beiden Engel hinter sich stehen.

„Du solltest den Vater nicht herausfordern", warnte Michael seinen Bruder mit ernstem Ton und glitt durch die Luft in Richtung Palast davon.

Der Gefallene

Die Sommermonate kamen und gingen – und es vergingen 12 Jahre.

Adam wuchs zu einem stattlichen jungen Mann heran. Tag für Tag trainierte Michael ihn.

Jeden Tag, bevor die ersten Sonnenstrahlen den Palast streiften, liefen die beiden mit den Turonakki über die Ebene von Igri und dann nordwärts in den Wald hinein. Die Turonakki hatten überall in den Wäldern Verstecke und Höhlen, die sie tagsüber zur Meditation nutzten.

Nur einem, ihrem Anführer, war es erlaubt, bei Hofe zu speisen und auch dort zu meditieren. Sein Name war Mu'rok. Es war genau der Turonakko, dessen Begegnung mit Adam der Morgenstern seinerzeit benutzt hatte, um Wächter des ersten Menschen zu werden.

Die Turonakki hatten eine eigene Sprache, die weder der Vater noch einer von uns Engeln verstand. Aber Mu'rok verstand jedes Wort von uns.

Adam fütterte täglich nach dem Morgenlauf die Tiere. Doch kam er meist nicht weiter als bis zu dem süßen Kätzchen, das er seit dem ersten Tag mit dem Namen Sola rief.

Er hatte seine Lektion mit der zerbrochenen Vitrine nicht vergessen. Doch nach all den Jahren kannte er inzwischen jeden Sockel, jeden Gang zwischen den Glasvitrinen wie kaum ein anderer. Das Labyrinth der Tiere, wie er es nannte, wurde zu seinem zweiten Zuhause ...

Adam

Es war spät am Nachmittag. Igri betrat das Labyrinth der Tiere, um Adam zum Palast zurückzubringen. Der Raum war erfüllt von Tierlauten. Doch er vermisste Adams Lachen. Langsam ging er von Vitrine zu Vitrine, bis er zu Solas kam. Sie war leer. Seine Mundwinkel zeigten ein sanftes Lächeln.

Ein paar Gänge weiter fand er Adam schlafend auf dem Boden liegen. Das kleine Babykätzchen Sola hatte sich neben seinem Gesicht zusammengerollt, den Kopf in seine Hand geschmiegt.

Igri ging ein paar Schritte auf sie zu. Sein Gehstock klackerte leise, wie Holz auf Holz. Sola vernahm das Geräusch, zuckte zuerst mit den Ohren, öffnete verschlafenen die Augen und gähnte. Dann begann sie Adam vorsichtig an der Nasenspitze zu lecken und schmiegte ihren kleinen Kopf gegen seine Wangen.

Adam erwachte, sah Igri lächelnd, auf seinen Gehstock gestützt vor ihm stehen und sprang sofort auf.

„Ist es endlich soweit?", fragte er aufgeregt.

„Alle machen sich bereit für das Fest. Man schickte mich, um dich zurück zum Palast zu bringen."

„Mein ganzes Leben habe ich darauf gewartet, dafür trainiert. Bitte, Igri, erzähle mir vom Fest des Mondes. Ist es ein Fest, ein Sport oder …?"

„Ja, das ist beides zutreffend", lächelte Igri, während er Sola zurück in ihre Vitrine hob.

Adam sah ihn etwas überrascht an.

„Ich verstehe nicht, warum ich solange darauf habe warten und trainieren müssen!"

„Das wirst du! Nicht mehr lange und Lucifer wird dich alles lehren, was es zu dem Fest zu wissen gibt!"

„Ach, komm schon! Nur ein kleiner Tipp, bitte, bitte, Igri!"

Der alte Mann wandte sich zu Adam um und legte seinen Arm um die Schultern des Jungen.

„Also gut, hör zu! Wir feiern dieses Fest von Beginn der Schöpfung an jeden Tag. Die gesamte Schöpfung nimmt daran teil, nicht nur die Engel und Turonakki!"

„Wirklich alle? Auch Sola?"

Der Alte nickte zustimmend, doch sein Lächeln verschwand langsam.

„Adam, erinnerst du dich an das, was ich dir über Diener gesagt habe?"

Adam dachte einen Moment nach und nickte.

„Der Wind, die Bäume, die Berge – alles erfüllt irgendeine Aufgabe", erklärte Igri. „Am Ende eines jeden Tages ehren wir die Schöpfung, denn wenn der Mond am höchsten steht, haben alle ihre Aufgabe erfüllt und ein neuer Tag beginnt. Manche Diener sind nachtaktiv und können nur während des Festes ihre Aufgabe erfüllen."

„Wie die Turonakki?"

Igri nickte und öffnete die Tür nach draußen zum Wald.

„Was passiert, wenn ein Diener seine Aufgabe nicht erfüllt?"

„Nun, darüber würde ich mir keine Sorgen machen. Jeder Diener will ja seine Aufgabe erfüllen und tut alles dafür."

„Aber was ist, wenn Sola zu klein ist und ihre Aufgabe einfach nicht erfüllen kann?"

Der alte Mann dachte einen Moment nach.

„Deine Sola hat uns noch nie enttäuscht und ihre Aufgabe immer bestens erfüllt. Doch sollte es einmal jemand nicht schaffen, so wären wir alle am nächsten Tag geschwächt. Jede erfüllte Aufgabe gibt uns die Stärke, die wir für den nächsten Tag brauchen. Verstehst du das? Das Fest des Mondes verbindet unsere Kräfte, es macht uns stark. Und sollte ein Diener seine Kraft nicht teilen wollen, so fehlt sie einem anderen. Aber jetzt geh. Lass den Morgenstern nicht warten!"

Adam umarmte Igri ganz fest und lief dann, so schnell er konnte, zum Palast.

Auf der Ebene von Igri hatte sich eine riesige Anzahl von Engeln und Turonakki versammelt. Lucifer wartete mit ein paar Fellen auf Adam.

„Bist du bereit? Möchtest du vor dem Fest noch etwas essen?", fragte er und deutete auf den Tisch unter der Sonnenterrasse, auf dem ein Buffet mit verschiedenen Früchten und Fleischsorten angerichtet war.

„Zuviel Essen vor dem Lauf schwächt die Ausdauer! Ich habe bereits gegessen und geruht. Ich bin bereit!"

„Mein Bruder hat dich gut geschult! Hier, zieh das an. Die Nächte sind weitaus kälter als die Tage!"

Adam nahm die Felle und legte sie an. Ein schmales, graues, sehr weiches Fell band er sich um seine Taille. Das größere Stück Fell war braun und etwas gröber. Er warf es sich über die Schultern und es fiel nach unten bis etwas über die Taille. Lucifer knüpfte es an der rechten und linken Seite mit goldenen Broschen zusammen.

Adam drehte, beugte und streckte sich. Diese Felle waren faszinierend. Ihm war genauso warm, als wäre er im Palast. Er fühlte sich schwerer und hatte doch die volle Bewegungsfreiheit, als wäre er nackt.

„Darf ich die Felle behalten?"

„Es sind deine!", nickte Lucifer.

Adam sah überglücklich aus. Er war gekleidet wie die Turonakki. Nur seine Haut war blass-weiß. Vermutlich hatte er zu wenig Zeit in der Sonne verbracht. Sein Gesicht war von Freude und Lachen gezeichnet. An seinen grünblauen Augen hatten sich schon kleine Fältchen vom Lachen gebildet. Die Haare waren blond mit feinen, kleinen Löckchen.

Alle blickten nach oben zum Vater, der auf der Sonnenterrasse stand und die Sonne beobachtete. Sie stand schon sehr weit im Westen und begann langsam die Farbe des Abendrots anzunehmen.

„Lasst das Fest beginnen!", rief der Vater aus und sofort liefen die Turonakki in die Wälder und die Engel flogen in Richtung der Gebirge im Osten.

„Es ist soweit!", sagte Lucifer, umschloss Adam mit seinen starken Armen und erhob sich mit ihm in die Lüfte. Sie flogen über die Wälder und sahen Igri, der das Labyrinth der Tiere öffnete und die kleinen Babytiere nach draußen laufen ließ.

Adam winkte und jubelte von oben und Igri winkte ihm zurück. Doch sie waren zu hoch, als dass Adam die Sorge in seinem Blick hätte erkennen können.

Das Gebirge von Buron Gor, das sie jetzt überflogen, war riesig. Eine unendliche Landschaft aus Fels und Stein. Es gab viele Höhlen und vereinzelt sah man karge Bäume, dessen Wurzeln sich über die Jahre tief in das Gestein gegraben hatten.

In einer Schlucht hatten sich die Engel versammelt.

Lucifer landete mitten unter ihnen. Michael kam, reichte Adam eine Frucht und trat einige Schritte zurück.

„Wirf!", forderte Lucifer ihn auf.

Adam betrachtete die Frucht. So eine hatte er noch nie zuvor gesehen. Sie ähnelte sehr einer Kokosnuss. Sie war sehr hart, schwarz wie das Fell des Morgensterns und hatte eine raue Oberfläche.

Er warf die Frucht Lucifer zu, der sich etwa zwei Meter weiter zwischen den anderen Engeln eingereiht hatte. Dieser fing die Frucht mit Leichtigkeit und warf sie Adam mit etwas mehr Schwung zurück.

„Wirf richtig!", schnaubte er und in den Reihen begannen die Engel zu tuscheln.

Adam fing die Frucht, er fühlte sich etwas unbeholfen, hatte er doch keine Ahnung, was seine Aufgabe war. Er drehte sich herum, zu Michael, der sich ebenfalls zwei Meter hinter Adam zwischen den Engeln eingereiht hatte. Adam warf die Frucht mit mehr Kraft zu Michael. Dieser fing sie ebenfalls und warf sie wieder zurück.

„Komm schon! Wirf sie richtig!", sagte er leise.

Adam wusste immer noch nicht, was der Sinn des Ganzen sein sollte. Also beschloss er sie einfach blind in irgendeine Richtung und mit voller Kraft zu werfen.

Er schloss die Augen, drehte sich kurz, lief ein Stück und schleuderte die Frucht mit aller Kraft in Richtung der Felsen.

Sie prallte an der Felsenwand ab und flog zurück in Richtung der Engel. Diese schlugen sich die Frucht nun mit Armen, Füßen, Köpfen und Flügeln gegenseitig zu, als ob sie um jeden Preis verhindern wollten, dass die Frucht den Boden berührt. Nach ein paar Flügen von Engel zu Engel verfing sich die Frucht in der Baumkrone eines kargen Baumes.

Sogleich fingen alle Engel an zu jubeln und mit ihren Füßen auf den Boden zu stampfen, als wollten sie den Berg zum Einsturz bringen.

Adam erinnerte sich still an die Nächte, in denen er wach gelegen und die Jubelschreie und das Donnergrollen gehört hatte. So richtig hatte er das Spiel noch nicht verstanden, doch er war froh, seine Aufgabe bisher erfüllt zu haben.

„Das Fest hat begonnen! Bewegt euch! Phase zwei beginnt!", befahl Lucifer und sofort rannten die Engel zur Schlucht in Richtung Nordosten.

Lucifer holte die Frucht aus der Baumkrone und gab sie Adam.

„Wirf, lauf und bleib nicht stehen! Dafür bist du dein Leben lang trainiert worden!"

Adam holte noch einmal tief Luft, fing an zu laufen und schleuderte die Frucht sehr hoch in Laufrichtung. Sie wurde weiter von Engel zu Engel geklatscht und geköpft, doch gab es hier keine kahlen Bäume mehr, in der sich die Frucht verfangen konnte.

Nur oberhalb der Schlucht rankten ein paar Wurzeln aus dem Gestein, in denen Adam eine Möglichkeit sah.

Adam sah die Frucht auf sich zukommen, verknotete seine Handflächen und setzte zum Schlag an. Er traf die Frucht, die genau in Richtung des Wurzelgeflechts flog. Doch sie traf das Geflecht und zerstörte es.

„Uhhhhh", hörte man alle Engel rufen. Alle hatten gesehen, wie knapp das war.

Das Ende der Schlucht war nahe und vor ihnen lag ein weiterer Abhang. Die Engel peitschten die Frucht immer noch hin und her. Als sie den Abhang erreicht hatten, flogen sie einfach weiter und führten das Spiel in der Luft fort.

Auch Adam nährte sich dem Abhang, den Blick ganz auf die Frucht fixiert, die gerade wieder im hohen Bogen in seine Richtung flog. Ohne nachzudenken sprang er vorwärts, vom Abhang in die Tiefe, beide Handballen wieder verknotet und zum Schlag ansetzend. Er traf die Frucht im freien Fall und schleuderte sie in Richtung der anderen Engel über ihm. Dabei bemerkte er, dass die Sonne bereits untergegangen war und das Licht, das er für das Abendrot der Sonne gehalten hatte, von Lucifer, seinem Wächter ausging, der ständig in seiner Nähe war.

Eden sah im freien Fall wunderschön aus. Über sich hörte er wieder die Jubelrufe der Engel und das Grollen. Der Boden kam näher und näher.

Adam konnte unten schon ein paar Turonakki sehen, die zwischen rennenden Rehen und Hirschen liefen.

Plötzlich packte Lucifer den Jungen im freien Fall und flog mit ihm über den Wald. Der Mond leuchtete sehr hell.

„Willst du deine Sola wiedersehen?"

Adam nickte. Er war zu sehr außer Atem, um zu lachen.

Sie landeten im Wald vor einer Höhle, die zwischen den Wurzeln eines riesigen Baumes in die Erde hineinführte.

„Ich weiß jetzt, warum man dich Morgenstern nennt. Ich dachte die ganze Zeit, es sei Tag. Danke, dass du mich heute mitgenommen hast!"

Lucifer sagte kein Wort. Er zündete einen großen Zweig an und stellte ihn wie eine Fackel neben dem Höhleneingang auf. Adam blickte hinauf zu den Bergen. Offenbar hatte sich jeder Engel eine Fackel angezündet und sie machten sich auf den Heimweg. Es sah wunderschön aus, wie eine Schlange aus Feuer, die sich langsam den Berg hinaufschlängelte.

„Sola ist da drin", sagte Lucifer und deutete mit den Fingern auf den Eingang der Höhle.

Adam ging bis zum Eingang und stützte sich an den oberen Wurzeln ab.

Er sah in die Höhle hinein, doch er konnte nichts erkennen. Es war stockdunkel.

„Sola? Bist du da drin?"

Ein bedrohliches Fauchen kam als Antwort aus der Höhle.

„Das ist nicht Sola", sagte er und wandte sich zu Lucifer um. Doch da bemerkte er, dass der Morgenstern gar nicht mehr da war.

„Sola, bist du das?"

Wieder kam dieses bedrohliche Fauchen als Antwort. Und dazu konnte er jetzt langsame Schritte hören, die sich aus dem Inneren der Höhle auf ihn zu bewegten. Adam bekam es mit der Angst zu tun und ging langsam rückwärts, den Höhleneingang nicht aus den Augen lassend. Da tauchten plötzlich zwei gelbe Augen auf, die ihn bedrohlich ansahen. Als Nächstes erkannte er die Schnurrhaare und die Ohren, die nach hinten angelegt waren. Was da langsam auf Adam zuschritt, war alles andere als ein kleines, süßes Kätzchen. Es war eine voll ausgewachsene Katze, etwas größer als ein Puma. Adam stolperte beim Rückwärtslaufen über eine Wurzel und fiel rücklings zu Boden.

„Das versteh ich nicht. Wie kann das sein? Sola, bist du das?", flüsterte er leise, während das Tier fauchend, ihn nicht aus den Augen lassend, langsam auf ihn zuschritt. Der Schwanz peitschte schnell hin und her.

Das Tier war nun ganz nah und roch an Adams linkem Arm, an den er immer das Spielzeug – Stock an Schnur – gebunden hatte.

Der Schwanz hörte auf, hin und her zu schnellen, und stellte sich auf, genau wie die Ohren.

Adam blickte dem Tier genau in die Augen.

„Sola, bist du das wirklich?", flüsterte er erneut. Das Tier beugte sich langsam zu ihm hin und begann seine Nase zu lecken, begleitet von einem ruhigen Schnurren. Da stand für Adam zweifelsfrei fest: Es war Sola!

Für ihre Größe hatte er keine Erklärung, doch das war ihm egal. Er war einfach nur froh, jetzt wieder bei seiner besten Freundin zu sein. Er kniete sich hin und kraulte sie am Kopf. Mit der anderen Hand glitt er an ihrem Maul mit den zwei überstehenden Fangzähnen entlang. Sie waren spitz und sehr scharf. Adam schnitt sich einen Finger, sodass rotes Blut auf den Boden tropfte. Erschrocken zog er seine Hand zurück und betrachtete seinen blutenden Finger. Mit der anderen Hand drückte er die Wunde ganz fest zu, während Sola sich in ihre Höhle zurückzog.

Auf einmal hörte er andere, vertraute Laute aus der Höhle.

Adam schaute nach oben zum Mond. Er stand nun fast am höchsten. Von den Engeln war in den Bergen nichts mehr zu sehen. Er merkte, wie still es um ihn herum geworden war.

Nach einem kurzen Moment kam Sola wieder aus der Höhle. Mit ihrem Maul hatte sie ein kleines, schwarzes Katzenbaby im Nacken gepackt und legte es behutsam in Adams geöffnete Hand.

Es war um einiges kleiner, als Adam die Tierbabys aus dem Labyrinth kannte. Die Augen waren noch geschlossen, das Fell struppig und feucht. Sola leckte es behutsam ab und das Baby rollte sich in Adams Hand zusammen und schlief ein.

Adam lief eine Träne über die Wange. Es war das Schönste, was er bis jetzt erlebt hatte.

Doch plötzlich sprang Sola auf und fauchte bedrohlich in Adams Richtung. Er bemerkte Lucifer, der auf einmal wieder hinter ihm stand. Diesmal nur mit einem ganz schwachen Engelsschein.

„Schau mal hier, Lucifer. Das ist meine neue Freundin. Ich nenne sie Takira", rief Adam ihm zu, während das Fauchen und Knurren von Sola immer bedrohlicher wurde.

„Jetzt!", rief Lucifer und lief an Adam vorbei. Er ignorierte ihn völlig.

Adam drehte sich zu Sola um. In diesem Moment sprang Mu'rok aus dem Geäst neben der Höhle, in seiner Hand einen Speer, der aus einem angespitzten Stock gemacht worden war. Und eben diesen rammte er mitten durch Solas Rücken tief in den Boden hinein. Sein Gesicht und der ganze Körper waren voller Blut. Sola stieß noch einen letzten Schrei aus und war dann sofort tot.

„NEIIIIIINNNNNN!!!!", schrie Adam und rannte auf Sola zu, doch Lucifer packte ihn und flog mit ihm davon.

„Sola hat ihre Aufgabe erfüllt. Du solltest dich freuen. Es gibt keine größere Ehre!"

„Was? Ich verstehe nicht! Warum?", fuhr Adam ihn an.

„Was denkst du denn, wo die Felle herkommen, die dich die Nacht über gewärmt haben? Oder das Fleisch, das du jeden Morgen und Abend zusammen mit Früchten isst? Hast du einen Baum gesehen, an dem Fleisch und Felle wachsen?"

Adam sah hinunter in den Wald. Er war voller ausgewachsener, toter Tiere, die von den Turonakki bereits ausgeweidet wurden. Ein paar Engel trugen die Babytiere zu Igris Labyrinth in den Bergen. Andere flogen mit den Fellen in Richtung des Palastes.

„Jetzt verstehst du es?"

„Wie? Warum?" Adam weinte.

„Es ist ganz einfach. Das Tageslicht fördert das Wachstum der Tiere, viel schneller als bei dir und bei mir. Daher halten wir sie tagsüber bei begrenztem Licht in deinem Labyrinth der Tiere gefangen. Sobald es zu dunkeln beginnt, lassen wir sie frei, erlauben ihnen zu wachsen und sich zu vermehren. Anschließend ehren wir die Schöpfung, indem wir sie jagen und uns nehmen, was wir zum Leben brauchen. Das Fell und das Fleisch ist alles, wofür deine Sola heute gelebt hat. Das Geschöpf, das da in deiner Hand schläft, wird morgen deine Sola sein!"

Lucifer landete vor dem Palast, wo Michael schon auf sie wartete. Er nahm das kleine Kätzchen behutsam in seine Hand und lief, ohne ein Wort zu sagen, in Richtung Wald.

„Und jetzt hör auf zu weinen und komm. Es gibt Essen!", sagte Lucifer.

Igri

Ein neuer Morgen brach an. Die ersten Sonnenstrahlen berührten schon die Mauern des Glaspalastes. Doch Adam fand man weder auf seinem Zimmer noch traf er sich zum Morgenlauf mit Michael. Alle machten sich große Sorgen.

Für Igri gab es nur noch einen Ort, an dem Adam sein konnte. Leise öffnete er die Tür zum Labyrinth der Tiere. Adam stand inmitten der Vitrinen und streichelte sanft das Fell eines grauen Wolfsbabys. Er merkte nicht, dass Igri ihn beobachtete.

Die Mundwinkel des alten Mannes formten ein sanftes Lächeln. Niemand hätte gedacht, dass Adam sich so schnell von seinem Schock erholen würde. Und doch, so schien es, hatte er schon wieder einen neuen Freund gefunden.

Doch warum sah er so ernst aus? Sein Gesicht war ausdruckslos statt voller Freude. Adams Finger glitten sanft über das Fell des kleinen Wolfes, doch dann zog er seine Hand aus der Vitrine und glitt sanft über das Fell, das er um seine Taille trug. Er nahm das Fell ab und ließ es einfach auf den Boden fallen. Jetzt ging er suchend weiter zur nächsten Vitrine.

„Adam, du musst etwas essen!"

Adam erschrak, doch er ließ es sich nicht anmerken.

„Ich habe keinen Hunger."

„Komm mit mir. Wenn du nichts isst, wirst du sehr schnell schwächer."

Adam seufzte, kam aber dann doch und nahm Igri bei der Hand. Sie gingen zurück zum Palast, wo unter der Sonnenterrasse ein herrliches Buffet mit verschiedenen Fleischsorten, Früchten und warmen Suppen stand.

Adam setzte sich zur Rechten des Vaters. Neben ihm war Igris Platz und den beiden gegenüber saßen Lucifer, Michael und Mu'rok. Die anderen Erzengel verteilten sich um die Tafel herum.

Igri brachte Adam einen kleinen goldenen Teller mit Suppe und setzte sich an den Tisch. Doch Adam stocherte mit sehr misstrauischem Blick in der Suppe herum.

„Wer ... Was ist das?", fragte er und sah den Vater an.

Lucifer fing an zu lachen.

„Ha, der Junge glaubt, wir gäben ihm seine beste Freundin zum Frühstück. So grausam ist die Wahrheit nun auch wieder nicht. Deine Sola hab ich mir schon bestellt", sagte Lucifer belustigt und nahm einen kräftigen Bissen. Adam sprang erschrocken auf und lief in den Palast hinein.

Auch der Vater erhob sich.

„Lucifer, deine Aufgabe, Adam zu unterrichten, ist hiermit beendet! Du wirst dich in Zukunft auf Abstand von ihm halten und nie wieder mit ihm sprechen. Hast du das verstanden?"

Lucifer schnaubte vor sich hin, nickte und schlug sich mit der Faust auf die Brust, als Zeichen demütiger Zustimmung. Dann erhob er sich, gleichzeitig mit seinem Bruder Michael, und sie verließen die Tafel.

„Komm, Igri. Du musst mir helfen", sagte der Vater und die beiden folgten Adam in den Palast.

Auf seinem Zimmer fanden sie ihn weinend in einer Ecke nahe dem Fenster hocken.

„Ich bin zu alt, um zu weinen", schniefte er und wischte sich eine Träne mit einem Finger weg. Igri setzte sich zu ihm. Adams Zustand ging ihm sehr nahe.

„Man kann für vieles zu alt sein. Doch nicht, um zu trauern!" Der Alte sah Adam direkt in die Augen und dabei bemerkte auch dieser bei Igri eine Träne, die ihm über die Wange rollte.

Der Vater ging ohne Worte langsam zum Fenster und sah mit ausdruckslosem Gesicht hinaus. Draußen stimmten zwei Engel ein Lied an. Sie sangen über die Größe und Herrlichkeit Gottes. Von der Schöpfung, seinen Siegen und was er alles schon erreicht hatte. Jedoch waren diese großen Worte verpackt in bedrückende Melodien. Singende Engel, Diener des Lobpreises, dienten dem Herrn in zweierlei Hinsicht:

Sie verkündeten eine Botschaft in Form von Worten und gleichzeitig transportierten sie Gefühle in Form von Melodien und Rhythmen.

Alle drei lauschten einen Moment lang dem Engelsgesang.

Doch konnten die Worte über die Größe und Herrlichkeit Gottes den Jungen nicht trösten.

„Sie war meine beste Freundin. Sie war alles, was ich je geliebt habe. Und jetzt hat man mir die Augen geöffnet. Wieder und wieder sehe ich sie, aufgespießt auf Mu'roks Speer. Sag mir, großer, herrlicher Vater: Wie lange geht die Ewigkeit? Wie soll es jetzt weitergehen?"

Schweigend und nachdenklich richtete Gott seinen Blick auf den Jungen.

Igri streichelte ihm eine weitere Träne von der Wange und sah ihn direkt an. „Adam hör mir zu. Du bist noch jung. Eden ist riesig und du hast bisher nur die Palastgärten gesehen. Es gibt noch unzählige schöne Dinge zu entdecken!"

Zornig griff Adam nach der Hand des Alten, entfernte sie von seinem Gesicht und fuhr ihn an:

„Ich will keine unzähligen schönen Dinge entdecken! Sola war mein Ein und Alles. Mit ihr hätte ich gerne die Ewigkeit geteilt! Man sagte mir, ich solle mich freuen, sie hätte ihren Zweck erfüllt. Doch die Wahrheit ist: Ich wünschte, sie wäre noch am Leben und der Speer hätte mich durchbohrt."

Der Vater reichte ihm die Hand.

„Komm, vielleicht gibt es eine Möglichkeit, Solas Leben zu verlängern. Hat dir schon jemand die Geschichte vom Turm von Arsinor erzählt?"

Adam schüttelte den Kopf und nahm Gottes Hand.

Dieser führte ihn hinaus und in das gegenüberliegende Zimmer. Igri folgte ihnen.

Die komplette Südseite des Zimmers war aus Glas, mit einem herrlichen Ausblick auf einen Berg, an dessen Abhang ein Wasserfall in einen kleinen See hinabfiel. Hinter dem Berg war ein gewaltiger, weißer Turm zu erkennen. Das obere Ende des Turmes schien eine runde Plattform zu sein, auf dem ein riesiger, goldener Kessel stand. Grüne und rote Siegesbanner mit goldenen Engelssymbolen hingen von der Plattform herab.

An der Südseite, direkt vor dem Fenster, blieben Gott und Adam stehen.

„Arsinor war einst ein Engel zweiten Grades, ein Engel, der einem Engel dient. Er war Herr über Raum und Zeit und baute diesen Turm, um in die Zukunft zu sehen. Sein früherer Herr war Lucifer. Sie rebellierten gemeinsam gegen mich, verloren den Krieg und Arsinor verschwand spurlos."

Während der Vater diese Worte sprach, wurde sein Gesichtsausdruck immer nachdenklicher. Adam bemerkte plötzlich, dass Igri hinter ihnen stand und ebenfalls zur Spitze des Turmes blickte.

„Dieser Turm ist sein Vermächtnis an uns und wir benutzen ihn, um neuen Geschöpfen ihre Lebenszeit zuzuweisen", erklärte er nun.

„Was ist mit Arsinor passiert?", wollte Adam wissen und sah Igri wie schon als kleines Kind mit großen Augen an.

Der Alte stützte sich auf seinen Gehstock und strich sich nachdenklich über seinen Bart.

„Vor seinem Verschwinden ist die Glocke der Zeit noch fünfmal erklungen. Arsinor war ein Engel, ein Diener für die Ewigkeit. Ich bezweifele, dass der Klang ihn schneller altern ließ …"

Adam verstand kein Wort.

„Ich meine: Wo ist er jetzt?", unterbrach er Igri.

„Wir wissen es nicht! Es ist möglich, dass er noch hier mitten unter uns weilt. Dass die Tiere für ihn langsamer altern. Vielleicht sogar hunderte von Jahren, bevor sie für ihn ihren Dienst erfüllen. Vielleicht steht er gerade genau hier in diesem Raum, doch unsere Augen können nur Diener in unserer Zeit- und Raumdimension erkennen."

„Es ist genauso gut möglich, das Lucifer ihn verraten und vernichtet hat", widersprach der Vater. Er wandte seinen Blick vom Turm ab, sah zu Adam und fuhr fort:

„Lucifer ist der letzte Engel, der Arsinor gesehen hat. Er verweigerte den Gehorsam, über das Geschehene zu sprechen, und wurde dafür bestraft.

Angenommen, Igri hat recht, dann könnten wir die Glocke der Zeit benutzen, um deine Lebenszeit an die deiner Freundin anzupassen. Wir wissen jedoch nicht genau, welche Auswirkungen das für dich haben würde. Vielleicht landest du dann in der gleichen Zeitdimension wie Arsinor.

Er ist immer noch mein Diener und kann für dich sorgen, während du dein Leben mit Sola und all meinen anderen Geschöpfen genießen kannst. Allerdings wäre er dann der einzige Diener, den du noch wahrnehmen kannst. Für alle anderen und für mich wärst du dann verschwunden – wie wir für dich."

„Was ist, wenn Igri sich irrt und Arsinor tatsächlich von Lucifer vernichtet wurde?", wollte Adam wissen. Igri legte seine Hand auf Adams Schulter und sagte in ernstem Ton:

„Dann wärst du allein auf der anderen Seite und von uns könnte dir keiner mehr helfen! Du würdest selbst die Diener, die du über Jahre geliebt und gepflegt hast, jagen und ausweiden müssen, um zu überleben. Könntest du das, Adam?"

„Nein, weder das eine noch das andere", seufzte Adam, wandte sich um und verließ den Raum. Der Vater und Igri folgten ihm.

Wieder in seinem Zimmer fühlte Adam sich doch etwas bedrängt.

„Lasst mich in Ruhe! Ihr versteht das nicht! Ich werde nie wieder einen Diener lieben können. Wie könnte ich auch? Jeden Tag mit der Frage aufstehen: Ist heute der Tag, an dem er seinen Zweck erfüllt und mir wieder weggenommen wird? Sola mag zum Dienst geschaffen worden sein, doch war es nicht ihr Dienst, der mich glücklich gemacht hat!"

Igri und der Vater sahen sich verwundert an. Beide hatten soeben dieselben Gedanken.

Der Alte lief lächelnd auf Adam zu, der sich jetzt unter dem Fenster hingehockt hatte.

„Ob du es nun glaubst oder nicht, Adam – du bist deinem Vater ähnlicher, als wir es bisher angenommen hatten."

Adam blickte zum Vater auf, der immer noch an der Tür stand. Und dieser blickte ernst auf ihn zurück.

„Ich verstehe dich besser als du ahnst", sagte er. „Alles und vieles mehr, was du hier siehst, habe ich erschaffen. Und es war gut und entsprach genau meinen Vorstellungen und Wünschen. Jedoch wurde ich das Gefühl nicht los, dass irgendetwas noch fehlte. Also erschuf ich Igri, den Meister der Schöpfung. Er erschuf einen Engel nach dem anderen und übertraf sogar meine kühnsten Vorstellungen und Ideen. Doch dieses Gefühl blieb. Ich hatte alles, was ich mir gewünscht und erträumt hatte, und doch fühlte ich mich wie ein Fremder im eigenen Reich. Die Engel, Igri, alle Geschöpfe dienten mir so gut, wie sie nur konnten. Doch je mehr von ihnen sich gleichzeitig um mich kümmerten, desto mehr fühlte ich mich allein!"

Adam war für einen Moment sprachlos. Konnte es tatsächlich sein, dass sich der große Gott und Schöpfer ebenso verloren fühlte, wie er in diesem Moment?

„Was hat dann eure Trauer beendet und dieses Gefühl verschwinden lassen?"

„Das warst du!", antwortete Igri lächelnd und wischte Adam eine weitere Träne aus den Augen.

Adam sah ihm in seine dunkelbrauen Augen und gerade jetzt strahlten sie besonders warm.

„Igri hat recht!", fuhr der Vater fort. „Wenn ich einem Diener sage: ‚Sing!', dann singt er. Und wenn ich ihm sage ‚Spring auf einem Bein!', dann springt er. Die Engel machen nur, was ich befehle. Das bedeutet: Es ist für mich gesorgt, aber es gibt keinerlei Überraschungen. Dies hat sich mit dir geändert! Deine ersten Versuche zu sprechen, dir beim Spielen zuzusehen, deine ersten Versuche, auf zwei Beinen zu gehen – nichts davon kam auf meinen Befehl. Nachts konnte ich nicht einschlafen, denn es war so spannend mit dir – was würdest du wohl morgen machen ... Deine Spontanität, Dinge zu tun, die dir gerade in den Sinn kommen, und dir dabei einfach nur zuzusehen – das gibt der Ewigkeit die Frische, die hier so lange gefehlt hat!"

Igri stand auf, ging zum Vater und stützte sich vor ihm auf seinen Stock.

„Herr, ich habe eine Idee! Habt ihr Adams Rippe noch?"

Der Herr nickte und sie gingen aus dem Zimmer. Als sie außer Hörweite von Adam waren, fuhr der Herr fort: „Sie lagert im Turm, so wie alle anderen Essenzen des Lebens. Was genau hast du vor?"

„Wenn es euch beliebt, so mache ich daraus eine Gefährtin für ihn. Und sobald ich fertig bin, werde ich ihre Rippe im Turm einlagern!"

Azrael

„Kannst du dich noch an mich erinnern?"

Adam blinzelte zur Tür seines Zimmers. Ein Engel mit einem sehr stark leuchtenden hell-gelblichen Engelsschein stand in seiner Tür. Er konnte nur die beiden gewaltigen, weißen Flügelpaare an einem sehr schlanken, eher durchschnittlich großen Körper erkennen.

„Nein, ich kann dein Gesicht nicht erkennen. Aber ich bin mir sicher, du bist auch ein ganz wichtiger Engel, den der Vater geschickt hat, um mich zu trösten!", entgegnete er und drehte sich wieder in Richtung Fenster.

„Mein Name ist Azrael. Bevor du den Palast verlassen hast, haben wir jeden Tag zusammen gespielt und gelacht. Du erinnerst dich wirklich nicht?" Azrael schritt langsam auf Adam zu.

Dieser warf nur einen flüchtigen Blick auf das Gesicht des Engels.

„Hör zu, Azrael! Seit zwei Tagen schickt der Vater hier einen Engel nach dem anderen herein, um mir beizustehen! Langsam geht mir das auf die Nerven!"

Er sah wieder aus dem Fenster.

„Ich habe mich ausgesprochen! Ich habe angefangen wieder Früchte zu essen und werde nicht verhungern! Was verlangt er noch von mir? Soll ich jeden Morgen die Tiere füttern und so tun, als wäre nichts geschehen?!"

„Er vermisst dein Lachen! Wir alle vermissen es!"

„Wirklich? Wer bist du und was ist deine Aufgabe?" Adam drehte sich herum und betrachtete Azrael mit misstrauischem Blick.

„Du hast recht! Ich bin nur ein Diener zweiten Grades. Ich diene Michael. Ich bin weder ein guter Wächter, noch habe ich das Talent zur Unterweisung. Der Trost, den ich geben kann, ist meine einzige Aufgabe. Der Herr hat mich am Ende der Engelsrebellion erschaffen. Ein grausamer Krieg zwischen Engeln, der vor allem von Igri ein großes Opfer gefordert hat. Seine Kreativität und seine Liebe zum Detail schienen verloren. Meine Aufgabe war es, ihn zu trösten!"

Adam betrachtete den Engel, während dieser die Worte sprach.

Er schien tatsächlich einer der jüngsten Engel zu sein. Vom Körperbau her war er kaum älter als Adam. Das Gesicht war gut gepflegt und schien immer etwas nachdenklich, das Lächeln war daraus schon lange verschwunden. Dies zeugte davon, dass er selbst noch keine schlimmen Zeiten miterlebt hatte, jedoch schon viele verstörende Dinge gehört hatte.

Die hellblauen Augen strahlten kaum Wärme aus. Adam konnte es nicht glauben, dass dieser Engel auf Trost spezialisiert war.

„Wenn der Herr dich nicht zu mir geschickt hätte – wo wärst du jetzt und was würdest du jetzt tun?"

„Wo auch immer der Wille des Herrn mich hinführt. Ich tue, was immer er von mir verlangt."

„Du sagtest, ihr alle vermisst mein Lachen."

Azrael nickte zustimmend.

„Ist das wirklich so? Würde irgendjemand von euch mein Lachen vermissen, wenn der Herr es nicht befohlen hätte?"

Azrael war sehr überrascht. Ihm fehlten die Worte. Schweigend, mit nachdenklichem und eine Spur unverständlichem Blick sah er Adam an und dieser blickte einfach nur zurück.

„Das dachte ich mir! Deine Worte sollten mich trösten. Doch weiß ich, dass niemand von sich aus hierherkommt, um Anteil an meinem Schmerz zu nehmen!"

„Dann sollte ich jetzt gehen", erwiderte der Engel, schritt langsam zur Tür und öffnete sie.

„Azrael, warte!"

Schweigend, mit fragendem Blick, blieb Azrael mit der Türklinke in der Hand stehen und wandte sich zu Adam um.

„Du hast die Engelsrebellion erwähnt. Der Vater hat mir schon von Arsinor und seinem Turm erzählt. Doch was hat Igri damit zu tun?"

Der Engel dachte einen Moment nach und schloss die Tür.

„Versprichst du mir, dass du mit niemandem sonst darüber redest, wenn ich dir die Geschichte erzähle?"

Adam nickte.

„Das ist alles schon sehr lange her. Du darfst mit niemanden darüber reden, vor allem nicht mit Igri. Ich möchte keine alten Wunden aufreißen!"

„Ich verspreche es!"

Adam reichte dem Engel die Hand und blickte ihn mit großen Augen an, wie damals als kleines Kind vor einer spannenden Geschichte!

Azrael drückte die Hand, setzte sich Adam gegenüber und sah ihm direkt in die großen, erwartungsvollen Augen!

„Vor vielen, vielen Jahren, noch bevor Gott die Tiere schuf, die du aus dem Labyrinth kennst, schuf er mit Igri zusammen eine ganze Zivilisation riesiger Echsen, die unter der Sonne prächtig gediehen. Sie waren gewaltig und mehrere Meter groß. Einige konnten bequem die Blätter von den höchsten Baumkronen fressen und andere machten jagt auf diese Pflanzenfresser. Das Fest des Mondes verlief damals ganz anders als heute. Es war gefährlicher und anspruchsvoller.

Die Aufgabe der Engel bestand darin, das Gleichgewicht zu wahren. Und sie erfüllten ihre Aufgabe gut! Niemand musste hungern und es gab nie eine Überbevölkerung der Fleischfresser", erzählte Azrael.

„Doch waren sie zu beschäftigt und erkannten nicht die Gefahr in den eigenen Reihen: Lucifer! Er war schon immer sehr temperamentvoll und fand Mittel und Wege, seinen Willen durchzusetzen. Selbst wenn sein Wille nicht mit dem unseres Herrn übereinstimmte. Hinzu kam noch seine unglaubliche Schönheit!"

Azrael sah die Überraschung in Adams Gesicht. „Ja, er und Michael sind Zwillingsbrüder und Lucifer sah einst so aus wie sein Bruder. Er überzeugte immer mehr Engel von seiner Sache und so töteten sie auch tagsüber diese Wesen, um heimlich Waffen aus ihren Knochen und Rüstungen aus ihrer Haut herzustellen. Diese Waffen waren leicht wie Holz und härter als Stahl und die Rüstungen waren leicht wie Felle und doch so widerstandsfähig, dass gewöhnliche Waffen an ihnen zerschellten. Als der Herr die Gefahr erkannte, war es fast zu spät. Es kam zu einer gewaltigen Schlacht mit großen Verlusten auf beiden Seiten. Lucifer – die gottestreuen Engel nannten ihn Satan – lobte sich schon selbst als besseren Gott und sah den Sieg in greifbarer Nähe. Sein Bruder Michael bekämpfte ihn persönlich auf der Spitze des Turmes von Arsinor!"

Azrael machte eine kurze Pause und fuhr dann fort:

„Igri konnte das Blutvergießen nicht mehr ertragen und traf eigenständig die wohl schwerste Entscheidung seines Lebens: Er vernichtete seine eigene Schöpfung! Die Rüstungen wurden faulig und die Waffen zerbrachen unter den Klingen der gottestreuen Engel. – Die Engel singen heute noch Lieder auf den Mut von Michael, der sich seinem eigenen Bruder entgegenstellte und ihn auf dem Turm von Arsinor besiegte. Doch Igris Opfer nahm Satan und seinen Dienern das Schwert aus der Hand. Ihm zu Ehren wurde die gewaltige Ebene im Westen auf seinen Namen getauft. Der Knochen, den Igri als Stütze benutzt, ist das letzte Relikt aus dieser Zeit."

Adam war einen Moment sprachlos. Es klopfte an der Tür, doch er ignorierte es.

„Ich kann verstehen, dass Igri danach eine andere Aufgabe wollte. Was hast du getan, das ihn seinen Schmerz vergessen ließ?"

„Vergessen? Nein, so etwas kann man nicht vergessen, aber ..."

Ein weiteres Klopfen unterbrach den Engel und Igri rief von draußen: „Adam, darf ich reinkommen? Hier möchte dich gerne jemand kennenlernen!"

Azrael erhob sich und auf seinem Gesicht zeichnete sich nun doch ein leichtes Lächeln ab. Er öffnete die Tür und zwinkerte dem Jungen kurz zu.

Igri schritt langsam zur Tür herein. An seiner Hand hielt er eine junge Frau, die sich hinter ihm verborgen hielt.

„Darf ich vorstellen: Eva!"

Sanft führte Igri die junge Frau an seiner Hand nach vorne. Sie bewegte sich langsam mit etwas schüchternem Blick hinter Igris Rücken hervor, an ihm vorbei und stand dann vor ihm: eine wunderschöne Frau, etwa in Adams Alter.

Kurz schaute sie sich zu Igri um, doch dieser lächelte ihr warm zu und gab ihr ein Zeichen, zu Adam zu gehen.

Dieser konnte den Blick nicht von Eva lassen und stand mit großen Augen und offenem Mund sprachlos da. Eva war umwerfend schön. Ihre Haut war so weiß wie Adams, sie hatte blaue Augen, die Wohlgeformtheit einer Frau, lange blonde Haare – nach hinten zu einem Zopf zusammengeflochten – die durch den hellen, gelblichen Engelsschein von Azrael golden glänzten.

„Wer ist das?", fragte Adam verblüfft, Eva nicht aus den Augen lassend.

„Sie ist wie du. Ein Mensch, kein Diener. Frei im Denken und Handeln. Gefällt sie dir?", antwortete Igri und lächelte ihm zu.

Adam brachte kein Wort mehr heraus, so erstaunt war er. Er nickte nur.

Eva warf ihm lächelnd einen schüchternen Blick zu und ging einige Schritte auf Adam zu.

Dieser lächelte zurück, doch es wirkte noch etwas gezwungen.

„Warum zeigst du Eva nicht einmal die Palastgärten? Sie ist sehr neugierig und hat außerhalb des Palastes noch nichts gesehen", zwinkerte Igri dem Jungen zu.

Die junge Frau reichte Adam die Hand und sie liefen nach draußen. Azrael und Igri gingen gemeinsam auf die Sonnenterrasse und sahen den beiden nach, wie sie langsam Richtung Nordosten in den Wald gingen.

„Du hast dich selbst übertroffen, Meister der Schöpfung! Es schien mir, als hätte er all seinen Schmerz vor Staunen vergessen."

„Ich hatte einen guten Lehrer!", lächelte Igri Azrael zu. „Sie wird ihm guttun. Gegen Einsamkeit gibt es nur eine Medizin."

„Meinst du, er wird je ganz über das Geschehene hinwegkommen?"

„Warum nicht?", lachte der Alte und schaute zum Wald, in dem die beiden verschwunden waren. „Was glaubst du, wo sie jetzt hinlaufen?"

„Zum Labyrinth der Tiere", erwiderte Azrael. „Ich werde ihnen folgen und sicherstellen, dass die alten Wunden nicht mehr aufgerissen werden!"

Und er flog von der Terrasse in Richtung der Wälder. Beim Labyrinth angekommen, öffnete er vorsichtig die Eingangstür, doch Adam und Eva waren nirgends zu finden.

Auch die Engel, die dem Raum zusätzliches Licht spendeten, hatten die beiden nirgends gesehen.

Draußen im Wald rief Azrael laut nach den beiden. Doch weder eine Antwort, noch ein Lachen oder sonst ein Geräusch von ihnen war zu hören. Er überflog die Wälder und das Gebirge, sie immer wieder rufend, bis wenige Stunden vor dem Abendrot. Adam und Eva waren wie vom Erdboden verschluckt. Bald würde das Fest des Mondes beginnen und des Vaters Lieblinge waren verschwunden, möglicherweise sogar in Gefahr!

Azrael lief bei dem Gedanken ein Schauer über den Rücken. Er bekam es mit der Angst zu tun. So schnell er konnte, flog er zum Glaspalast zurück, um dem Vater von seinem Versagen zu berichten.

Der Vater lachte laut auf seinem Thron.

„Adam hat es tatsächlich geschafft, zu Fuß einem Engel zu entwischen? Er überrascht mich jeden Tag aufs Neue!"

Azrael kniete in Demutshaltung vor dem Thron, den Kopf nach unten gerichtet. Er traute sich nicht den Vater direkt anzusehen.

„Vergebt mir, Herr! Ich weiß, ich bin kein guter Wächter!"

Lucifer kniete neben Azrael, in Demutshaltung auf sein prächtiges Schwert gestützt. Doch seine feuerroten Augen fixierten Gott auf seinem Thron.

„Wir müssen die Wächter verdoppeln, Herr", sagte er in ernstem Ton.

Lachend erhob sich der Vater von seinem Thron und ging auf die beiden zu.

„Erhebt euch! Es gibt nichts zu vergeben. Die beiden wollten wohl mal eine Zeit lang ungestört sein."

Die beiden Engel erhoben sich und Lucifer steckte sein Schwert wieder zurück in die Scheide an seinem Gürtel. Sein Blick ging zum Eingang der Sonnenterrasse, durch die in diesem Moment Michael hereingeflogen kam, etwas außer Atem.

„Ihre Spur endet am östlichen Gebirge. Doch dann: nichts. Kein Engel und kein Turonakko – niemand hat sie gesehen!

Die beiden könnten inzwischen überall sein!"

„Bemerkenswert, findet ihr nicht?", lachte der Vater. Die Engel wussten nicht, was sie davon halten sollen.

„Herr! Was ist mit dem Fest des Mondes? Ist es nicht zu gefährlich für die beiden, ganz alleine da draußen?", fragte Michael.

„Adam kennt die Gefahren des Festes. Vielleicht will er seiner neuen Freundin imponieren? Lasst das Fest wie immer stattfinden. Die beiden sind nicht in Gefahr. Schließlich haben sie es geschafft, ungesehen zwischen den Wächtern und Jägern hindurchzuschlüpfen. Ich denke, dann können sie auch den ausgewachsenen Tieren aus dem Weg gehen!"

„Herr, sollten wir sie nicht dennoch suchen? Ihr habt doch das Lachen vermisst. Was wird euch erfreuen, wenn sie für längere Zeit fortbleiben?", warf Azrael ein.

„Geben wir den beiden etwas Freiraum. Früher oder später werden sie zurückkehren. Außerdem habe ich Igri damit beauftragt, noch mehr Menschen zu erschaffen."

„Ich habe mich wohl verhört?!", fuhr Lucifer in zornigem Ton auf. „Noch mehr Menschen? Wir haben schon Probleme, diese zwei unter Kontrolle zu halten!"

Azrael warf Michael einen schockierten Blick zu.

Dieser sah ihn nur an, schüttelte kurz den Kopf und gab ihm mit der Hand ein Zeichen, ein paar Schritte zurückzutreten.

„Unter Kontrolle halten? Wovor fürchtest du dich, Lucifer?", wollte der Vater wissen.

„Herr, ich wurde geschaffen, die Wahrheit zu sprechen. Ich hatte euch vor dem Fest des Mondes vor dem Leid Adams gewarnt. Ihr wolltet nicht auf mich hören und das Leid trat ein."

„An diesem Leid warst du nicht ganz unbeteiligt, Bruder!", warf Michael ein.

Lucifer warf einen abfälligen Blick auf ihn.

„Diese Wahrheit war nun mal schmerzhaft! Auch du hättest als sein Wächter das Leiden nicht mindern oder gar verhindern können!"

„Es ist unmöglich, das zu beurteilen, jedoch …"

„Lernt aus euren Fehlern!", fuhr der Morgenstern den Vater wütend an, seinen Bruder einfach ignorierend. „Weist meinen Rat ein weiteres Mal ab, und Eden wird erfüllt sein von Klageliedern, bis in alle Ewigkeit!"

Michael stellte sich zwischen den Vater und die zornigen Blicke Lucifers.

„Lucifer, du vergisst dich!"

Behutsam schob Gott Michael beiseite und sagte: „Nein Michael. Lass ihn ausreden. Ich möchte jeden Standpunkt hören! – Was sollte ich deiner Meinung nach tun, Lucifer?"

Lucifer ging ein paar Schritte auf den Vater zu und hob seinen Zeigefinger etwa auf Brusthöhe, aus dem sich eine messerscharfe Kralle hervorschob.

„Herr, lasst mich ihnen das Zeichen des Dieners geben. Ihnen beiden und allen, die Igri noch erschaffen wird. Es wird sich kaum etwas verändern. Alles Denken und Wollen der Menschen ist dann auf euren Willen ausgerichtet! Wenn ihr wollt, dass sie singen, dann singen sie. Sollen sie die Tiere füttern und lachen, dann tun sie es. Sie werden nie wieder ohne eure Einwilligung davonlaufen, ihr seid glücklich und Eden wird für immer sicher sein!"

Die Miene des Vaters war sehr ernst und nachdenklich geworden.

„Das Zeichen des Dieners würde alles verändern. Es würde das Konzept von den Menschen mit einem freien Willen zerstören."

„Und was ist, wenn sich die Menschen eines Tages dafür entscheiden, Eden zu zerstören?"

„Warum sollten sie das tun? Hier ist ihr Zuhause!"

Plötzlich zog Lucifer wütend das Schwert aus seiner Scheide und richtete es mit wütendem Blick auf Gott.

„Es gab einmal eine Zeit, da habt ihr die Wahrheit geschätzt. Doch eure Liebe zu diesen Menschen haben euch blind und schwach gemacht!"

Sofort zog auch Michael sein Schwert und seine Doppelaxt und stellte sich schweigend, aber entschlossen vor den Vater und sah Lucifer mit drohendem Blick an.

„Das ist nicht nötig, Bruder! Ich lege mein Amt nieder. Sucht mich am See des Feuers auf, wenn ihr zur Vernunft gekommen seid! An den Schmerzen und Leiden, die da kommen, will ich keinen Anteil haben!"

Mit diesen Worten warf der Morgenstern sein Schwert vor Michaels Füße und lief mit schnellen Schritten wütend hinaus.

Michael war sichtlich aufgebracht über die Reaktion seines Bruders. Er wollte ihn am Gehen hindern, doch der Vater hielt ihn sanft am Arm fest.

„Lass ihn gehen, Michael! Wenn er am See des Feuers verweilt, bleiben die Menschen in Sicherheit. Das ist alles, was wichtig ist!"

„Aber Herr, er hat euch soeben offen herausgefordert! Wir haben Satans Einfluss schon einmal unterschätzt und hätten den Krieg beinahe verloren. Ich mache nicht noch einmal den gleichen Fehler!"

Der Herr nickte zustimmend. Sein Gesicht war sehr betroffen.

„Deshalb wirst du ihn überwachen. Ich gebe dir hiermit das Kommando über die Wächterengel. Das Gebirge hat sehr viele versteckte Höhlen, die alle am See des Feuers münden.

Teile Schichten zur Bewachung jeder Höhle ein, Tag und Nacht, und stell sicher, dass Lucifer keinen Kontakt mit den Menschen bekommt!"

„Wer wacht dann über die Menschen, Herr?", fragte Azrael.

„Tagsüber gibt es keine Gefahren in Eden, solange Lucifer am Feuersee verweilt. Während des Festes können sich die Turonakki um die Wache kümmern."

„Wie ihr wünscht, Herr!" Die beiden Engel schlugen sich demütig mit geballter Faust auf die Brust und verließen den Thronsaal, um ihre neue Aufgabe zu erfüllen.

Der Gefallene

Es vergingen zwei Wochen. Von Adam und Eva fehlte jede Spur. Doch das schien niemanden zu sorgen.

Lucifer verbrachte die Tage am See des Feuers, Tag und Nacht bewacht von den Wächterengeln unter Befehl seines Bruders Michael. Dieser besuchte ihn jeden Tag.

Es wurden Gerüchte laut, dass Michael, trotz allem, was passiert war, mehr Gefühle für seinen Bruder hatte, als befohlen. Jeden Tag drängte er Lucifer, seinen Stolz abzulegen und sich dem Willen Gottes unterzuordnen. Doch Lucifer beschwor Michael seinerseits, die Wachen aus dem Gebirge abzuziehen und den Menschen, besonders Adam und Eva zuzuteilen, um die Katastrophe noch rechtzeitig abzuwenden.

Doch von einer Katastrophe war nichts zu merken. Igri erschuf eine Menge neuer Menschen unterschiedlichsten Alters mit verschiedenen Augen-, Haut- und Haarfarben. Er schuf sie immer als Pärchen.

Diese neuen Menschen wurden von Azrael und den Turonakki unterwiesen. Niemand von den neuen Menschen fühlte den gleichen Schmerz wie Adam beim Dienst der Tiere. Es war für alle ein Teil des natürlichen Zyklus.

Aufgrund der schon bald rasch anwachsenden Bevölkerung wurden große Teile der Ebene von Igri für die Nahrung bepflanzt und Igri wurde damit beauftragt, Geschöpfe zu kreieren, mit deren Hilfe die Jagd für alle vereinfacht werden sollte …

Adam

„Diese weichen Hände kenn ich doch", lachte Igri und tastete blind nach dem Gefäß, um seinen Pinsel zurückzulegen. Dann berührte er sanft mit seinen Händen die Hände des Menschen, der ihm von hinten die Augen zuhielt.

Das Fest des Mondes hatte vor ein paar Stunden geendet und es war totenstill in Eden geworden. Igri war gerade dabei, seine neueste Kreatur im Turm von Arsinor zu vollenden. Azrael spendete ihm etwas gelbes Licht mit seinem Engelsschein.

„Eva, meine Liebe, lass dich anschauen!", sagte der Alte.

Eva winkte Adam heran und stellte sich wie eine junge Prinzessin selbstbewusst vor Igri auf.

„Woher hast du gewusst, dass ich es bin?"

„Ich hab dich geschaffen! So eine schöne, weiche Haut wie du hat kein anderes Geschöpf Gottes."

Sie lächelte etwas verlegen und umarmte den Alten.

„Zwei Wochen wart ihr nun fort. Sag mir, Kind, wo seid ihr nur gewesen?"

Während Eva aufgeregt von ihren Erlebnissen am gläsernen Meer mit den wunderschönen dunkelroten Sonnenuntergängen berichtete, kam Adam, sich staunend umsehend, langsam zu den beiden. Er hatte den Turm von Arsinor noch nie von innen gesehen. Langsam schritt er zum Arbeitstisch von Igri, der auf der gegenüberliegenden Seite des Eingangs stand.

Die Wände erinnerten ihn an das Bibliothekszimmer im Glaspalast. Nur waren sie hier rund und in den der runden Form perfekt angepassten Regalen standen keine Bücher, sondern kleine Gläser mit den Essenzen des Lebens. Eine Treppe schlängelte sich an der Wand bis ganz nach oben, sie wurde von vier mit goldenen Engelsrunen verzierten Säulen gestützt.

Rechts neben dem Tisch, auf dem Igri seine Schöpfung zeichnete, stand eine große Tafel, an der er diese zuerst skizzierte.

Igri ging Adam mit ausgestreckten Armen entgegen. Eva folgte ihm.

„Adam, lass dich anschauen! Gut erholt siehst du aus!"

Adam übergab Eva das mit einem Stück Fell zusammengewickelte Päckchen, das er mit sich trug, nahm Igri in die Arme und drückte ihn ganz fest. Ein paar Freudentränen kullerten aus seinen Augen.

„Ich hab dich vermisst", schluchzte er. „Du hattest recht! Außerhalb von den Palastgärten gibt es noch viele Wunder zu entdecken! Danke dafür!"

„Ich habe schon gehört, dass ihr viel erlebt habt", erwiderte der Alte lachend und löste die Umarmung.

Vorsichtig legte er seine Hand auf Evas Unterleib und auf seinem Mund zeigte sich ein sanftes Lächeln.

„Doch ich verspreche euch: Das größte Wunder liegt noch vor euch!"

Bei diesen Worten zwinkerte er Eva zu.

Doch die beiden hatten keine Ahnung, wovon Igri sprach. Sie sahen sich mit verständnislosem Blick an und fingen dann gleichzeitig an zu lachen.

Eva wickelte das Fellpäckchen auseinander. In ihm befanden sich ein paar schwarze Früchte mit rauer Oberfläche und in der Form von großen Eiern.

„Schau, was wir gefunden haben", strahlte Eva und hielt dem Alten eine der Früchte hin.

Igri nahm die Frucht mit etwas skeptischem Blick.

„Ihr zwei habt doch nicht von dieser Frucht gegessen, oder?"

„Nein", sagte Adam. „Sie war zu hart und ohne Schneidwerkzeug konnten wir sie nicht öffnen!"

„Ah gut. Dann ist ja alles in Ordnung!"

„Warum? Ist die Frucht giftig?", wollte Eva wissen.

„Diese Früchte sind nicht zum Verzehr gemacht. Sie haben eine andere Aufgabe", antwortete Igri und nickte Adam zu.

„Was denn für eine Aufgabe?" fragte Eva neugierig.

„Ich kenne die verbotene Frucht bereits vom Fest des Mondes", antwortete Adam.

„Verbotene Frucht? Also ist es verboten, die Frucht zu essen?"

„Es ist der Frucht verboten, den Boden zu berühren", erklärte Igri.

„Aber warum?"

Adam zuckte mit den Schultern und sah Igri fragend an. Dieser sah rüber zu Azrael, der das Gespräch schweigend verfolgt hatte.

„Nun", begann der Engel, „als das Fest des Mondes nach der Rebellion völlig neu gestaltet wurde, nahmen einige Engel den sportlichen Teil des Festes nicht ganz ernst. Also erschuf Igri diese Frucht und ich erfand eine Legende dazu. Diese besagt, dass sobald diese Frucht den Boden berührt, der Abstieg aller Engel eingeleitet wird."

„Der Abstieg der Engel?"

„Es ist nur eine Geschichte", lachte Azrael. „Doch nur wir vier in diesem Raum und natürlich der Vater wissen davon.

Alle Engel fürchten den Abstieg. Und jeder einzelne würde sein Leben geben, um dieses Schicksal allen anderen zu ersparen. Das Fest des Mondes wird daher nun sehr ernst genommen und stärkt somit jeden von uns."

Während Azraels Erklärung war Eva langsam um den Tisch herumgegangen, um einen Blick auf die Tafel zu werfen, an der Igri seine ersten Entwürfe zeichnete.

Ihr fröhliches Gesicht verzog sich und bekam ängstliche Züge.

„Was ist das?"

„Das ist meine neueste Kreatur. Du brauchst keine Angst zu haben", beruhigte Igri sie.

„Die Augen so kalt. Die Zähne so bedrohlich. Warum erschaffst du so ein furchterregendes Wesen?", fragte Eva.

„Ihr wisst es noch gar nicht, oder? In eurer Abwesenheit haben wir noch viele weitere Menschen erschaffen. Nun brauchen wir mehr und größere Kreaturen, um alle satt zu bekommen. Außerdem baten mich einige Engel darum, ein paar gefährlichere Tiere zu erschaffen, um das Fest wieder etwas herausfordernder zu machen. Ich habe dazu einige Essenzen der alten Schöpfung benutzt!"

Jetzt wurde auch Adam neugierig. Sprach Igri etwa von derselben Schöpfung, die er wieder vernichtet hatte? Er warf einen Blick auf die Tafel. Sie zeigte eine riesige Schlange mit bedrohlich geöffnetem Maul.

Am nächsten Morgen wurde Adam von Eva geweckt.

„Komm, lass uns zum Labyrinth der Tiere gehen. Ich will die neue Kreatur sehen!"

Die ersten Sonnenstrahlen berührten bereits den Marmorboden des Thronsaales, als die beiden sich auf den Weg durch den Wald machten.

Im Labyrinth schlief noch alles. Auf der Suche nach der Schlange schlichen sich die beiden von Vitrine zu Vitrine. Es war noch sehr dunkel. Von den Wächterengeln, die dem Raum normalerweise das Licht spendeten, fehlte noch jede Spur.

„Adam, komm her, ich hab sie gefunden!"

Der junge Mann schlich zu einer großen Vitrine, die ganz am Rand, auf der Seite der Glasfront des Gebäudes auf einen schmalen Sockel stand.

Adam erinnerte sich an seinen ersten Aufenthalt hier und sein damaliges Erlebnis mit diesen schmalen Sockeln und er warnte Eva, sie solle aufpassen. Die Vitrine war dreimal größer als die anderen, denn die junge Schlange hatte für ihr Alter schon eine beträchtliche Größe. Regungslos lag sie da.

„Was meinst du? Wie groß kann sie werden, wenn sie ausgewachsen ist?", fragte Adam.

Eva zuckte mit den Schultern.

„Was mich viel mehr interessiert: Was frisst sie?"

Eva holte aus dem Fellpäckchen, das sie mitgenommen hatte, eine kleine verbotene Frucht heraus, öffnete die Vitrine und warf sie hinein.

„Bist du verrückt? Die Frucht darf man doch nicht essen!"

„Die Frucht darf nicht den Boden berühren. Ich will sehen, was passiert, wenn das Tier die Frucht frisst. Wenn dem Tier nichts passiert, dann passiert auch uns nichts!"

„Die Frucht ist doch viel zu groß und die Schale zu hart für das Tier!"

„Warte – jetzt passiert etwas!"

Mit großen Augen sahen die beiden der Schlange zu, die sich langsam in Bewegung setzte. Es dauerte ein paar Minuten, bis sie sich um die Frucht herumgeschlängelt und sie mit ihrem Körper umschlossen hatte. Dann öffnete sie ihr Maul und verschlang die Frucht in einem Stück, ohne sie zu zerbeißen.

„Wahnsinn!", staunte Eva. „Sie hat die Frucht einfach ganz geschluckt!"

„Nun, das können wir auf gar keinen Fall tun", entgegnete Adam.

Langsam schlängelte sich die Schlange zur Öffnung der Vitrine hin. Adam staunte über den sichtbaren Klumpen in dem sonst so schlanken Körper der Schlange.

„Wir sind ja wieder zu Hause. Ich habe Schneidwerkzeuge mitgebracht", erwiderte Eva, holte eine zweite verbotene Frucht hervor und schnitt sie in zwei Teile.

„Was ist jetzt? Willst du auch eine probieren?", fragte sie Adam und hielt ihm eine Hälfte hin. Aus dem Inneren der Frucht lief der Saft heraus.

Ohne Worte nahm er die Fruchthälfte.

„Auf Drei, gleichzeitig!", sagte sie und fing an zu zählen:

„Eins …"

Beide hielten sich die Frucht essbereit vor den Mund.

„Zwei …"

Adam schloss die Augen und öffnete den Mund. Die Schlange fixierte die Frucht in seiner Hand und züngelte.

„Drei!"

Blitzartig schnellte die Schlage aus der immer noch geöffneten Vitrine hervor und schnappte nach der Frucht in Adams Hand. Adam erschrak, zog seine Hand reflexartig zurück und schnitt sich dabei an den scharfen Zähnen der Schlange. Eva schrie grell auf vor Schreck und wich zurück. Dabei stieß sie gegen eine Glasvitrine mit einem kleinen Äffchen darin und brachte sie zum Kippen. Und im Dominoeffekt stieß diese beim Fallen zwei weitere Vitrinen um, eine mit Insekten und die andere mit Sola.

Von dem Lärm wurden auch alle anderen Tiere wach, sie schrien und fauchten vor Panik.

Eva saß weinend auf dem Boden zwischen all den Glasscherben, Insekten und den verbotenen Früchten.

„Wir müssen es dem Vater sagen", schluchzte sie.

„Es ist nichts passiert", beruhigte Adam sie. „Da hinten gibt es noch ein paar leere Vitrinen. Komm, hilf mir, die Tiere einzusammeln!"

Eva rappelte sich auf und holte eine leere Vitrine. Adam schloss die Vitrine, in der sich die Schlange befand.

„Eva? Irgendetwas stimmt nicht", sagte er ängstlich.

Mit der leeren Vitrine in den Händen warf sie ihm nur einen fragenden Blick zu. Die Vitrine der Schlange war verschlossen. Doch Adam ließ den Griff nicht los und schien langsam umzukippen.

„Adam? – Geht es dir gut?"

„Meine Hände!", rief er panisch. „Eva, hilf mir! Ich kann meine Hände nicht bewegen und ich spüre auch meine Beine nicht mehr!"

Da kippte Adam mit der großen Vitrine um, diese schlug gegen die Glasfront, die nach draußen führte, und zerbrach sie. Mit einem Salto verschwand das kleine Äffchen, das noch immer frei herumlief, sofort nach draußen.

Auch Sola wollte flüchten, doch Eva war schneller und fing sie mit der Glasvitrine, die sie gerade geholt hatte, ein.

„Was ist mit dir?", fragte sie dann Adam.

Adam konnte die Worte zwar hören. Doch sein Mund war schon taub und ihm wurde schwarz vor Augen.

Einige Zeit später erwachte er, vor der kaputten Glasfront sitzend, an einen der Holzrahmen angelehnt. Eva war immer noch damit beschäftigt, die krabbelnden Insekten vom Boden aufzusammeln. Ohne Worte, aber mit besorgtem Blick, sah sie ihn an. Ihnen beiden war klar, dass die Situation außer Kontrolle geraten war.

„Was ist passiert? Wie lange hab ich geschlafen?", fragte Adam.

„Ich weiß nicht genau. Das Frühstück ist wohl schon vorbei", meinte sie und fing die letzten Krabbeltiere ein. „Ich bin gleich fertig. – Wir müssen es dem Vater sagen!"

Adam nickte zustimmend und bemerkte erleichtert, dass er seine Beine wieder spüren konnte. Langsam versuchte er aufzustehen.

„Adam? Was ist passiert?", hörte er eine vertraute Stimme hinter sich.

Adam drehte sich um. Draußen vor der zerbrochenen Glasfront, ein paar Meter von ihm entfernt, stand Igri mit besorgtem Gesichtsausdruck.

„Es tut uns so leid!" Adam brach in Tränen aus.

Er sah zu Eva hinüber, doch sie sah nur mit aufgerissenen Augen, vor Schreck erstarrt, an Igri vorbei nach oben.

Adam wandte sich wieder zu Igri um und erschrak! Die Worte blieben ihm im Mund stecken. Vor Angst zitternd deutete er mit den Fingern auf etwas hinter Igri. Der alte Mann drehte sich um und ließ vor Schreck seinen Gehstock los.

Ein sieben Meter großer Affe hatte sich hinter Igri aufgebaut. Mit geballter Faust schlug er Igri in den Boden, wie ein Hammer einen Nagel.

Eva schrie vor Panik grell auf. Doch das lenkte die Aufmerksamkeit des Affen auf das Innere des Glaslabyrinths.

Er war viel zu groß, um hineinzukommen.

Doch er steckte seine Arme durch die kaputte Glasfront, tastete blind mit seinen riesigen Händen in dem Labyrinth herum und stieß dabei viele weitere Vitrinen um. Die Tiere flüchteten panisch nach draußen. Einige wurden vom Affen zerquetscht, aber die meisten entkamen.

Adam und Eva stützten sich gegenseitig und gelangten zusammen in den hinteren Bereich des nun vollständig zerstörten Labyrinths der Tiere – außer Reichweite des Affen, aber in der Falle!

Michael

In den Palastgärten hatte man noch gar nichts von dem Unfall mitbekommen. Die Sonne hatte inzwischen ihren höchsten Punkt erreicht. Es war ein herrlicher, heißer Sommertag. Kein Wölkchen am Himmel.

„Adam und Eva sind gestern Nacht zurückgekommen", berichtete Azrael dem Herrn. „Sie bekommen bald ein Kind. Noch haben sie keine Ahnung davon!"

„Wie sollten sie auch?" lachte der Vater. „Noch kein Mensch hat je ein Kind zur Welt gebracht! Wie weit ist Igri mit der neuen Kreatur?"

„Ihr wurde gestern Nacht das Leben eingehaucht. Ich denke, sie wird Ihren Zweck erfüllen."

Der Vater nickte zufrieden. Dann drehte er sich um zu Michael, der schweigend hinter den beiden herlief.

„Wie geht es deinem Bruder?"

„Er hat den See des Feuers nicht verlassen. Er scheint Angst zu haben. Jeden Tag beschwört er mich, ein paar der Wächterengel abzuziehen, um Adam und Eva zu bewachen."

„Was denkst du darüber?"

„Herr, es steht mir nicht zu, eine eigene Meinung zu haben. Ihr befehlt, ich führe aus!"

„Michael – niemand hat mit Lucifer mehr Zeit verbracht als du. Wenn es so sein muss, dann befehle ich dir, mir die Wahrheit zu sagen: Was denkst du? Ist das ein Trick?"

„Zuerst hielt ich es für einen Trick", antwortete Michael. „Lucifer genießt es, sich anbeten zu lassen. Doch er flehte mich auf Knien an. Ich denke, er hat wirklich Angst. Er schwor mir, den Feuersee nicht ohne ausdrücklichen Befehl zu verlassen. Und ich habe in den vergangenen Tagen nichts gesehen oder gehört, was mich an seinem Wort zweifeln lässt!"

Das Gesicht von Michael wurde plötzlich sehr ernst. Unaufgefordert wandte er sich ab und ging mit konzentriertem Blick auf die nordwestliche Ecke des Glaspalastes zu. Den Vater verwunderte es, dass Michael seiner Antwort gar keine Aufmerksamkeit mehr schenkte.

„Michael?! Ist alles in Ordnung?", fragte Azrael und schaute verwundert auf die Kante des Glaspalastes. Er konnte dort nichts Ungewöhnliches erkennen.

„Ich – ich bin nicht sicher", antwortete Michael und schritt schnellen Fußes unter der Sonnenterrasse hindurch zur anderen Seite des Palastes.

Azrael und der Vater warfen sich nur fragende Blicke zu.

„Was hast du gesehen?"

„Es war schnell!"

„Was?"

„Ein großer Schatten. Ich weiß es nicht!"

Plötzlich hörte man aus dem Thronsaal einen Schrei, gefolgt von aggressivem Knurren und dem Geräusch von zerspringenden Glas.

Michael eilte zum Vater, zog seine beiden Waffen und stellte sich schützend vor ihn. Alle drei standen ein paar Meter von der westlichen Wand des Palastes entfernt und schauten verunsichert nach oben zur Sonnenterasse.

Weiteres Glas zerschellte auf dem Marmorboden, sehr wahrscheinlich die Glastür, die zur Sonnenterrasse hinausführte.

Die Gespräche der anderen Engel verstummten und alle sahen verunsichert zur Terrasse hinauf. Sogar Mu'rok hatte seine Meditation unterbrochen. Mit bösem Blick sah er nach oben und spitzte seinen Speer.

Da sprang auf einmal eine übergroße schwarze Katze mit aggressivem Brüllen von der Sonnenterrasse hinunter. Michael zog den Vater mit sich zu Boden. Azrael war unentschlossen und schockiert. Die Katze fuhr ihre messerscharfen Krallen aus und zerkratzte die linke Hälfte von Azraels Gesicht. Dieser schrie vor Schmerzen und ging zu Boden.

Michael stürzte sich sofort auf das Tier. Es blieb ihm keine Zeit, seine Waffen auf den Boden zu suchen, denn das Biest wuchs mit jeder Sekunde unter der heißen Mittagssonne. Er packte beide Vorderbeine des Tieres und rang um sein Leben.

Schon bald fand er sich mit dem Rücken an die Palastwand gedrückt und spürte, wie die Kräfte seiner Arme ihn verließen.

Doch plötzlich hörte man die Riesenkatze kurz aufschreien, gefolgt von dem Geräusch von Holz auf Stahl. Mu'rok hatte seinen Speer mitten durch den Rücken des Tieres geschleudert, die Spitze war durch Michaels Rüstung gestoppt worden.

„Was ist hier los?", keuchte der Erzengel und schob das inzwischen fünf Meter große, tote Tier von sich weg.

Der Vater sah nach Azrael. Keiner der Engel wagte etwas zu sagen. Der Schreck hatte noch zu große Macht.

„Mein Herr, mein Herr – die Tiere sind frei!", rief eine Stimme von oben. Es war Gabriel. Er landete völlig außer Atem.

„Vater – die Menschen sind in Gefahr. Die nordwestlichen Siedlungen werden bereits angegriffen!"

„Was ist passiert?", fragte der Vater fassungslos.

„Wissen wir nicht. Doch was immer es war – es geschah bereits vor Stunden!"

Michael blickte zur Sonne hinauf.

„Mein Gott! Wir müssen etwas tun, sofort!"

Der Vater warf Mu'rok einen Blick zu und nickte. Dieser zog seinen Speer aus dem Kadaver, gab einen unverständlichen, extrem lauten Kampfschrei von sich, der von anderen Turonakki aus den Wäldern erwidert wurde.

„Das wird nicht reichen, Vater!", wandte Michael ein. „Es könnten bereits hunderte junge Tiere zu mordlustigen Bestien herangewachsen sein. So lange die Sonne sie schneller wachsen lässt als uns, fürchte ich, dass die Menschen keine Chance zu überleben haben!"

„Der Turm!", keuchte Azrael und erhob sich.

„Das kommt überhaupt nicht in Frage", sagte der Vater. „Die Menschen wären für immer von uns getrennt!"

„Aber sie haben einander!", rief Michael. „Wir wissen zu wenig über das, was hier passiert. Vielleicht gibt es eine Möglichkeit, den Vorgang umzukehren, sobald es hier wieder sicher ist! Eines steht fest: Wenn wir es nicht tun, erleben wir das Ende der Menschheit! Vater bitte! Gebt den Befehl!", drängte Michael, während er seine Waffen aufhob und zurück in seinen Gürtel steckte.

„Ich aktiviere den Turm. Fünf Schläge sollten reichen!", meldete sich Azrael freiwillig.

„Nein!" Der Vater hielt ihn fest bei der Hand. Er stand auf und schaute in die Runde. Alle Gesichter waren von Angst erfüllt. Gespannt fixierten alle Augen den Herrn und warteten auf die Befehle.

„Michael, du und Mu'rok, ihr aktiviert den Turm. Im zweiten Stockwerk findet ihr Evas Rippe. Im zwölften die von Mu'rok. Fünf Schläge! Ihr dürft nicht scheitern!"

Michael schlug sich zustimmend mit geballter Faust auf die Brust.

„Mu'rok, pass auf die Menschen auf. Lehre sie zu überleben. Beschütze sie mit deinem Leben und gehorche ihnen, wie du auch mir gehorchst!"

Mu'rok nickte und rannte los in Richtung Turm.

„Azrael, du fliegst so schnell es geht zum See des Feuers."

„Vater?!"

„Wir brauchen Lucifer und die Wächterengel in diesem Kampf. – Alle anderen: beschützt die Menschen! Rettet sie um jeden Preis! Gebt euer Leben, falls dies erforderlich ist!"

Die Engel schlugen sich mit geballter Faust auf die Brust und schwärmten in verschiedene Richtungen aus.

„Vater, was werdet ihr tun?", wollte Azrael wissen.

Eine Träne lief über die Wange des Herrn.

„Ich suche Adam und Eva. Sie sind da draußen bald alleine. Sie wissen nicht warum. Es gibt so vieles, das ich ihnen noch sagen möchte und … Ich hoffe, mir bleibt noch genug Zeit, ihnen etwas von der Angst nehmen!"

Mit diesen Worten machte sich der Vater auf in Richtung Labyrinth.

Michael flog zum Turm. Überall sah er, wie Engel, Turonakki und riesige Tiere in heftige Kämpfe verwickelt waren.

Doch war es nicht seine Aufgabe, ihnen im Kampf zu helfen. Sein Dienst würde den Kampf beenden und das Gleichgewicht wiederherstellen.

Er landete am Fuß des Turmes von Arsinor und ging hinein. Mu'rok hatte den Turm bereits erreicht und Evas Rippe gefunden. Michael fand die Rippe des Turonakko und flog mit ihr den Turm hinauf. Mu'rok folgte über die Treppe.

Ganz oben befand sich eine riesige Plattform aus Glas. In deren Mitte stand die Glocke der Zeit. Sie hatte die Form einer Klangschale und lag auf drei mit Runen verzierten Sockeln. Michael öffnete die sieben Verschlüsse und hob zusammen mit Mu'rok den schweren Deckel von der Klangschale.

Nun konnte er die Essenz der Zeit sehen. Sie sah aus wie Nebel und leuchtete grell weiß. Michael warf die beiden Rippen hinein und die Essenz der Zeit fing an zu brodeln. Mit Mu'rok zusammen hievte er den Deckel wieder hinauf, doch wurden sie von einem Rudel riesiger Wölfe behindert, die den beiden gefolgt waren. Mit drohendem Knurren und Bellen umzingelten sie die beiden.

Michael zog seine Waffen und begann sie anzugreifen.

In der heißen Mittagssonne wuchsen die Wölfe zusehends mit jeder Sekunde. Mit einem gezielten Schlag gelang es ihm, einen der Wölfe von der Plattform zu stoßen.

Mu'rok, der wie ein Affe über eine unabhängige Hand-Fuß-Koordination verfügte, parierte die Angriffe blitzschnell mit seinem Speer und wich geschickt den Zähnen der Wölfe aus. Es sah aus, als würde er mit den Wölfen tanzen.

Doch die Lage wurde immer bedrohlicher. Die Größe der Wölfe überstieg bereits die Kräfte des Engels. Michael hatte am Rand der Plattform sein Kurzschwert fallenlassen und stand nun mit dem Rücken an die Glocke der Zeit gedrückt. Mit beiden Händen packte er den Wolf am Maul und drückte dieses zusammen. Die Klauen des Wolfes kratzten in schnellem Tempo auf seiner Rüstung. Ein weiterer Wolf sprang Michael von der Seite an und biss ihm oberhalb des rechten Handgelenkes in den Arm. Der Engel schrie laut auf.

Mu'rok hatte inzwischen Michaels Kurzschwert gefunden und schnitt damit den Schwanz des Wolfes ab, den Michael an der Schnauze gepackt hatte. Das Tier ließ mit einem lauten Jaulen von dem Engel ab und stürzte sich auf den Turonakko.

Dieser hatte keine Chance mehr auszuweichen und stürzte zusammen mit dem Wolf in die Tiefe. Michael konnte hören, wie sie während des langen Falls dreihundert Meter in die Tiefe miteinander kämpften. Mu'rok gelang es auf halber Höhe, das Schwert des Engels in das Gestein zu rammen und damit seinen Fall drastisch abzubremsen.

Der Wolf oben bei Michael war inzwischen so groß und kraftvoll, dass er den Unterarm des Engels mit Leichtigkeit abriss.

Das Blut strömte in die Klangschale, der weiße Nebel färbte sich rot und brodelte bedrohlich.

„Nein!", stöhnte Michael. „Das ist so nicht vorgesehen!"

Der Wolf heulte und es kamen fünf weitere Riesenwölfe, die ebenfalls mit jeder Sekunde immer größer und kräftiger wurden.

Knurrend umzingelten sie den Engel. Dieser schloss die Augen für ein letztes Gebet.

„Vergebt mir, Herr! Ich habe versagt."

Doch wieder hörte Michael plötzlich das Geräusch von Stahl und das Todesquieken eines der Wölfe. Verwundert öffnete er die Augen. Lucifer war wie aus dem Nichts aufgetaucht und hatte den Größten der Wölfe mit einem Hieb seines Zweihandschwertes erledigt. Ein weiterer Wolf sprang zum Angriff auf ihn zu. Lucifer drehte sich, um Schwung zu holen, und zerteilte den Wolf im Sprung in zwei Hälften.

Doch dann kamen zwei Wölfe gleichzeitig von hinten und bissen Lucifer in die Schultern. Der schwarze Engel stieß sein Schwert in den Kadaver seines ersten Opfers. Aus seinen Fingern kamen die messerscharfen Krallen zum Vorschein. Dem einen Wolf an seiner rechten Schulter kratzte er damit die Augen aus, den anderen packte er und warf ihn von der Plattform.

Er griff nach seinem Schwert, das sofort vom Griff bis zur Spitze in dunkelrot glühenden Flammen aufging, gab ein ohrenbetäubendes und furchterregendes Gebrüll von sich und fixierte die noch übrig gebliebenen Wölfe mit seinen dunkelrot leuchtenden Augen. Sein roter Engelsschein war so intensiv, dass er sogar das Licht der heißen Mittagssonne überstrahlte.

Trotz ihrer überlegenen Größe und Stärke brachen die Wölfe den Angriff ab.

„Töte sie, Bruder!" rief Michael ihm zu. „Sie sind zu gefährlich, um am Leben zu bleiben!"

Lucifer tat, wie ihm befohlen.

„Es tut gut, zu sehen, dass du dich letztendlich wieder dem Willen des Herrn untergeordnet hast."

Lucifer schnaufte, während er den Deckel der Glocke auf die Klangschale schob und die sieben Verschlüsse schloss.

„Dem Willen des Herrn!", fuhr er Michael verächtlich an. „Ich habe mich erniedrigt, dich angefleht, genau dies zu verhindern! Doch du wolltest nicht hören. Die verbotene Frucht hat den Boden berührt. Der Meister der Schöpfung wurde vernichtet – von seiner eigenen Schöpfung!"

„Was?" Angst und Panik waren Michael ins Gesicht geschrieben.

„Nichts von dem, was heute geschieht, war je geplant!"

Ein Horn ertönte in der Ferne.

„Geh, Lucifer. Sie brauchen deine Hilfe. Ich bringe das hier zu Ende."

„Du hast heute gut gekämpft, Bruder!"

Mit diesen Worten verabschiedete sich der Morgenstern und flog in Richtung des ertönten Horns.

Michael kroch zu dem gewaltigen Schlägel und band ihn an seinem rechten Oberarm fest. Mit letzten Kräften rappelte er sich auf und schlug den Schlägel gegen den Klangkörper. Ein sehr heller, warmer Klang ertönte, den man bis zum Glaspalast hören konnte.

Der Vater

Inzwischen hatte der Vater das zerstörte Labyrinth der Tiere erreicht. Vor dem Eingang fand er die Überreste seines ältesten Freundes. Weinend nahm er den Gehstock an sich und rief nach Adam und Eva. Niemand antwortete.

Er sah sich um und entdeckte ihre Fußspuren, die von dem Gebäude weg, tiefer in den Wald hineinführten. Etwas Großes schien sie verfolgt zu haben. Immer wieder nach ihnen rufend folgte er den Spuren.

Einige Meter weiter fand er den Kadaver des Riesenaffen. Im Rücken steckte Michaels Kurzschwert. Wie kam dieses hierhin? Die Glocke der Zeit war noch nicht erklungen. Hatte der weiße Engel versagt? Besorgt sah er in Richtung des Turmes.

Ein Knacken im Gehölz lenkte seine Gedanken wieder auf die beiden Vermissten. Er rief nach den beiden.

„Adam, Eva? Warum versteckt ihr euch vor mir?"

Keine Antwort. Dann fand er Mu'rok, nackt und schwer verwundet, ein paar Meter weiter an einen Baum gelehnt sitzen. Ein paar tote Turonakki lagen um ihn herum. Ihre Körper waren noch warm.

Mu'rok musste den Kampf gegen die Bestie gerade eben für sich entschieden haben.

Der Vater legte sanft seine Hand auf den Verwundeten. Die Wunden schlossen sich sofort.

Plötzlich hörte er hinter sich schnelle, leise Schritte, die sich von ihm wegbewegten. Er drehte sich um und rief erneut nach Adam und Eva. Die Schritte verstummten.

Da erklang auf einmal der erste helle Ton von der Glocke der Zeit. Der Vater geriet in Panik. Nur noch vier weitere Töne und er wäre für eine lange Zeit von seinen Liebsten getrennt. Er blieb stehen und hob die Hände. Er wusste, dass Adam und Eva ihn hören und sehen konnten. Sie weiter zu verfolgen war sinnlos.

„Adam – was ist passiert?"

„Es war Eva!", hörte er ihn antworten. „Sie wollte von der verbotenen Frucht essen!"

Der zweite Gong ertönte aus der Ferne.

Eine Träne rollte dem Vater über die Wange. Was sollte er ihnen sagen? Es gab so vieles. Doch Schuldzuweisung stand nicht auf seiner Liste.

Er dachte an das Kind, das Eva in sich trug. Noch kein Mensch hatte je ein Kind zur Welt gebracht. Wie gern wäre er dabei gewesen in diesem Moment.

Er dachte an die Schmerzen der Geburt und daran, wie schrecklich ungewohnt und ängstlich sie sich dabei fühlen würde.

„Eva, du wirst deine Kinder unter Schmerzen zur Welt bringen!"

Der dritte Gong erklang!

Die Worte des Vaters wurden immer schneller und hektischer. Er hatte keine Zeit, lange zu überlegen und ausführlich zu erklären.

„Du wirst dich zu deinem Mann immer hingezogen fühlen. Doch sollst du dich ihm unterordnen!"

Immerhin lebte Adam schon einige Sommer länger in Eden und war von Michael und den Turonakki unterrichtet worden.

Der vierte Gong!

„Adam, du bist jetzt der Herr. Kümmere dich um deine Familie, deine Brüder und Schwestern. Du wirst jetzt selber hart arbeiten müssen, um alle satt zu bekommen ..."

Eine riesige Schockwelle unterbrach den Vater. Er blickte panisch hinüber zum Turm.

Der fünfte und letzte Gong blieb aus.

„Adam?"

Die beiden kamen aus ihrem Versteck und gingen gemeinsam auf den Vater zu.

Nun standen sie direkt vor ihm, doch schienen sie ihn nicht zu sehen. Ihre ängstlichen Blicke gingen einfach durch ihn hindurch.

„Adam, Eva? Ich liebe euch! Ich werde einen Weg finden, der uns wieder vereint!", rief er ihnen zu und brach dabei in Tränen aus.

Doch die beiden reagierten nicht.

„Was war das?", fragte Eva.

Adam ging ein paar Schritte nach vorne, durch den Vater hindurch, wie durch einen Geist. Angst lag in seinen Augen. Er blickte sich um. Ein kleines, schwarzes Kätzchen kam zwischen den Bäumen auf ihn zugelaufen.

Ihm fiel auf, dass es durch die Sonnenstrahlen, die zwischen den Bäumen hindurchschienen, nicht mehr weiterwuchs. Er sah auf die toten Turonakki, die um Mu'rok herumlagen. Kein Engel war mehr am Himmel zu sehen.

Ein frischer Wind wehte ihm ins Gesicht.

Er drehte sich um, ging zurück zu Eva und sah ihr mit verzweifeltem Blick in die Augen.

„Wir wurden bestraft!", antwortete er.

Der Gefallene

„Und so begann es …"

Das Leuchten des Metalls in den zittrigen Fingern der Kreatur war fast vollständig erloschen. Die Schrift der letzten Worte war sehr blass und kaum noch zu lesen.

Keuchend schleppte sich der Gefallene an das brodelnde Ufer und hielt das Metall in eine sich dunkelrot färbende Flamme. Langsam bekam das Metallstück sein rotes Glühen zurück.

„… das Missverständnis der Sünde! Seit jenem Tag versuchten die Menschen ihre Schuld wiedergutzumachen. Eine Schuld, die der Herr Ihnen keine Sekunde lang nachtrug!"

Das Metallstück war nun wieder vollständig aufgeladen und leuchtete dunkelrot in der Hand des Gefallenen. Er betrachtete es für ein paar Sekunden, ganz in Gedanken versunken. Seine hellblauen Augen spiegelten sich auf der glatten Oberfläche des Metalls. Doch was war das? Für einen Moment schien es, als leuchteten seine Augen dunkelrot!

Vor Schreck sprang er auf, sein Schreibwerkzeug glitt ihm durch die Finger und landete auf dem Boden neben dem Tagebuch.

Langsam setzte er sich wieder und schlug die nächste leere Seite auf.

„Die Menschen und Turonakki konnten weder den Herrn noch seine Engel hören oder sehen. Den Grund dafür verstanden wir damals noch nicht. Wir waren uns nur einig, dass wieder einmal etwas mit dem Turm schiefgelaufen war.

Michael war verschwunden!"

Für ein paar Sekunden hielt die Kreatur inne.

„Lucifer berichtete von der ungeplanten Vermischung der Essenz der Zeit mit dem Engelsblut. Diese Verbindung hatte unvorhersehbare Auswirkungen, die nicht einmal der Morgenstern erahnte und dessen weitreichende Folgen wir erst bei den Geschehnissen am Turm von Arsinor begriffen...!"

Über den Autor

Sven Majunke wurde am 20.05.1983 in Cottbus geboren.

Im Alter von 17 Jahren zog er nach Esslingen und machte eine Ausbildung zum Mechatroniker.

Zu dieser Zeit begann er sich mit dem Christentum und anderen Religionen auseinander zu setzen.

Juli 2015 erkannte er sein Talent zum Schreiben und begann mit seinem ersten Werk:

"Die Herrscher von Eden – Abstieg der Engel"

Zeitfracht Medien GmbH
Ferdinand-Jühlke-Straße 7
99095 Erfurt, Deutschland
produktsicherheit@kolibri360.de